图书在版编目（ＣＩＰ）数据

你以为我懂事了，其实我只是放弃你了 / 柏颜著
. -- 广州 ：花城出版社，2017.6
ISBN 978-7-5360-8345-5

Ⅰ．①你… Ⅱ．①柏… Ⅲ．①随笔－作品集－中国－
当代 Ⅳ．①I267.1

中国版本图书馆CIP数据核字(2017)第094639号

出 版 人：詹秀敏
责任编辑：张　懿　陈诗泳
技术编辑：凌春梅
封面绘图：小黑牙
内文摄影：Illuuusion
装帧设计：仙境书品

书 名	你以为我懂事了，其实我只是放弃你了
	NI YIWEI WO DONGSHI LE QISHI WO ZHISHI FANGQI NI LE
出版发行	花城出版社
	（广州市环市东路水荫路 11 号）
经 销	全国新华书店
印 刷	广东新华印刷有限公司
	（广东省佛山市南海区盐步河东中心路 23 号）
开 本	880 毫米×1230 毫米　32 开
印 张	7. 25　12 插页
字 数	150,000 字
版 次	2017 年 6 月第 1 版　2017 年 6 月第 1 次印刷
定 价	32. 00 元

如发现印装质量问题，请直接与印刷厂联系调换。
购书热线：020 - 37604658　37602954
花城出版社网站：http://www.fcph.com.cn

有时候真的，多么不想要成熟独立又所向披靡。

我所有的期待，不过是在你身边，做个甜腻的小孩。

感情就像浴缸里的水，如果不持续加入热水，
就会逐渐冷却。

你可以背叛我，伤害我，羞辱我，诋毁我，折磨我。
你也可以让我哭泣、忏悔、夜不能寐、酩酊大醉。
但我不会再让你看见我的脆弱、彷徨、苦苦等待天
亮的模样。
我也不会再让你知道我有多后悔，有多想念，有多
么地想要回到当初。

我们从没承诺长久，但总以为未来还有。
我们从没当面撕逼，却决绝得更加彻底。

原来最开心的事，都是以前的事。
最想留住的时光，都已经回不去。

分手其实是一场有去无回的各自旅行。
谁也不知道对方会在什么时间、哪个场景，遇见下一个结伴者。

　　我一直认为，谈恋爱是不用教的，因为教不出来。充斥着市面的教人谈恋爱的书籍，其中大部分，不过是作者想混碗饭吃罢了。读者也只是些小年轻，掏钱买这些书，类似于迷信的老人家掏钱买张护身符。超过三十岁，就该对此嗤之以鼻。

　　我一直秉承着这样的理念，从不看任何教人谈恋爱的毒鸡汤或馊鸡汤或老火慢熬出来的正宗鸡汤。直到柏颜将她这本《你以为我懂事了，其实我只是放弃你了》发给我，请我"斧正"。

　　她只是假客气，而我是真的被激怒了。

　　我会为了证明这是一碗馊鸡汤而亲自品尝一口吗？

　　事实证明我会的，然后就翻开了书，读了几章，便在内心向柏颜道歉。

　　因为她竟然没有写出一本鸡汤来，就像现在流行的那样，一个人声色俱厉地写书告诉你，要如何活成一个女土匪的样子。

所以总有这样的标题充斥着我们的视线：

女人不要攒钱，打扮自己最重要！
什么都嫌贵，最后发现自己最便宜！
婚姻的温度，取决于你老公的热度！

什么鬼！极端的田园女权已经把社会风气祸害成这样了吗？女性难道不是和男性一样对这社会有权利也有义务吗？

而柏颜这本书，没有这样凌厉的标题，也没有一个拎起你的耳朵，听她高声呐喊的女权主义者。

她写的，只是故事。一个女子，或者一个男子，他们所经历过的故事。讲述的方式，像闺蜜间的私语，或者网络中一个谈得来的人，隔着屏幕透露给你的八卦。

但是这些故事，都是一个个真实得近乎残酷的例子，像极了被命运的大巴掌抽得原地转圈的你和我。

于是你从《分手后多久有新欢才不算薄情》看到了朋友甲曾经煎熬的那段岁月，从《父母才是我们最熟悉的陌生人》看到了朋友乙排山倒海的失措与无奈，从《爱一个人究竟花多少钱》看到了朋友丙质问过自己一千遍的迷茫。

这本书，没有咬牙切齿的教训，没有三观颠覆的洗脑，它只是让你从文字里看到你自己，看到那些在爱情里和人生中，每个人都可能遇到的、最平凡最普通的小事，但却像针尖一般隐隐地扎着，有点疼，有点唏嘘。

我们很多人都很自负，不愿意被别人指教，包括谈恋爱，凭着感觉走，凭着感觉受伤，凭着感觉继续前行，因为我们讨厌那些大道理。有句话是这么说的：道理我都懂，但是我身不由己。如果不亲自经历，你怎么知道结局会不会不同。

而这本书中的主人公们，代替我们经历了许多，并且愿意将他们的感悟和心情，慢慢地讲给你听。

甚好，真的。

紫苏水袖

作家，知名编剧

出版作品：《寻婚纪》《婚前保卫战》《正室》等

壹　在这个人人出轨的年代，你如何自证清白

贰 你以为我懂事了，其实我只是放弃你了

叁 谁说始于床笫之欢的爱情都不得善终

肆 你有诗和远方，我有排骨和汤

伍 你朋友圈看起来好高级

陆 爱一个人究竟要花多少钱

在这个人人出轨的年代，
你如何自证清白

我终于拉黑了你

依赖，比喜欢更具杀伤力和毁灭性。

这篇素材其实是一个许久没联络的闺蜜贡献的，她说你就写，这是一个以当小三为志愿，最后功败垂成的故事。

01

小 N 二十八岁，有个相处一年半的男友，彼此已逐渐沁入对方生活，但离婚嫁还差那么点火候。

两家人也会时不时催问，但默契的是，他们都嘻嘻哈哈，从不上心。

男友比小 N 小三岁，他不着急还好理解，而小 N 呢，她之前跟我说，再等等吧。问她等什么，她只惶惶然地摇头。

直到去年春节，她认识了多肉。

多肉是小 N 的男同事，已婚，有个六岁的小孩，但孩儿妈在美国，据说三年只回来一次。

小 N 是个外表冷淡、内心丰盛的女生，私下里对恐怖悬疑片又爱又怕，尤其对《咒怨》这种等级的特别花痴，但又像叶公好龙一样，连海报都不敢打开看一眼，只敢搜索文字版的故事详情。

有次她正看得津津有味，手指正要把页面往下拖，多肉突然出手阻拦。他说，这下面有张配图，是整部影片排名前三的恐怖镜头。

小 N 顿时吓得差点把手机给抛出去，幸好多肉及时扶了一把。

原来多肉也是恐怖片的资深追随者，国内外的经典无不涉猎。无论小 N 提起哪部他都能谈论一二，而小 N 的男友则对这种电影嗤之以鼻，他说这都是拍来博眼球的垃圾玩意。

有次小 N 看完悬疑电影后，久久不能平静，以至于去厕所洗个脸都要做一番心理建设。晚上她躺在床上忽然听见外面风声大作，于是赶紧给男友打电话倾诉自己的恐惧，对方只不耐烦地反问，你是不是有病。

不敢看别就别看啊，看了就别怕啊。自己又爱又怕，怪谁。

电话还没挂，小 N 就心寒了，心一寒还真就不怕了。她想即使现在真的出现什么怪物把自己劫走，男友也不会有什么反应吧。

小 N 以前听别人说过，在这个微博热门横行的时代，最基本的礼貌就是永远不要出言重伤对方的爱豆。这时小 N 觉得情侣之间最大的伤害，便是对对方情绪上的漠然。

不安慰也罢了，还横加指责。小 N 只好说，嗯，以后我害怕的时候不会再打扰你。

男友听见这句话，竟然很开心地夸她懂事。

♡ 02

我跟小 N 说，你这其实是个"论男人怎么失去女票"的故事吧。她说这都是铺垫，重点是，没有比较就没有伤害。

小 N 说她一直在努力地回忆，自己究竟是怎么跟多肉开始的。但想来想去，又觉得似乎从未开始过。唯一确定的是，多肉喜欢她，她也喜欢多肉，但他们不约会，不牵手，不接吻。他们清清白白，却又暧昧丛生。

一个假期夜晚，小 N 在小群里跟几个熟识的司事聊天，里面也有多肉。扯到最近出的新电影，多肉兴致勃勃地安利了一部丧尸片，小 N 眼睛一下子就亮了，她说我好想看，但我一个人在家。

多肉就打开了私聊，他说我陪你再看一遍，你比我晚播放十分钟，这样我就能提醒你规避掉所有可能会吓到你的镜头。

他们边聊边看，直到凌晨十二点。小N兴奋地狂打感叹号，太！好！看！啦！然后说，那么问题来了，我有点不敢去厕所卸妆。

多肉说，没事，你去，我开着语音给你念报纸。

其实当水龙头哗哗出水时，小N根本听不清多肉说的每个字，但当她闭上眼睛，脑补有怪物出现在镜子里的画面已经自动切换成，多肉戴着墨镜微微一笑的脸。

依赖，比喜欢更具杀伤力和毁灭性。

正如丧尸片中，人类的自私和残忍，比嗜血的尸体更让人心惊。

03

小N二十八岁了，不是十八岁。她已经能够分辨什么是真心。卸完妆回来，她跟男友说了分手。当然，还是纠缠了很长一段时间。即便相处中有不如意，但毕竟将近两年的时间里，打断骨头还连着筋。

多肉知道她有男友，但从不提。小N知道他有老婆，也从不问。

他们聊电影聊生活，所有话题都是为了让对方开心。

大约半年后，也就是最近，中午在公司食堂吃饭，周围都是叽叽喳喳的同事。突然有个年长的女同事问，小 N，你跟男友什么时候结婚。小 N 头也不回地答，结什么啊，早分了。

女同事感慨了些什么她完全没听见，因为她心里分明轰隆一下，即便没抬头也感觉一道目光沉甸甸地压过来。

多肉问她为什么。她摇摇头，忍了又忍，眼泪还是夺眶而出，像洪水没过荒原。

她不仅没告诉多肉自己分手了，这半年来还一直认真地扮演角色。每次多肉不太方便聊微信，她也说没事正好要跟男友去吃饭。周末多肉要带小孩去游泳，她也说约了男友一起健身。她配合得天衣无缝，都不过是为了让多肉知道，脚踏两船的不止他一个，站在道德平衡木上随时都要粉身碎骨的也不是他一个。

从头到尾，她都想竭力给多肉传递这样的信息：你结婚了，我也有伴侣，没有谁亏欠谁。她不委屈，不索取，不倾诉，不坦白，只因为她想跟他毫无负担地相爱。

世俗已经足够沉重，她不想再站在道德制高点上，命令他给出一个交代。

她原本以为自己能一直演下去，可是在后来，许许多多个明明说了晚安却迟迟握着手机难以成眠的夜晚里，她忍不住哭了又哭，无从倾诉的委屈就像泥潭一样将她埋没。

多肉的老婆回国了，那天中午偏偏公司有聚餐，也不知道是谁安排的，小 N 就坐到了多肉车上的副驾里，本来她头发是披散着的，一上车她就腾出只手撩着头发。多肉以为她热，特地把空调开大一个挡，还调整了风向。

直到后排女同事看见，脱口而出："还是小 N 想得周到，我们也小心点，别把自己长头发落多肉车上了，不然他回家得挨打啦。"

虽然只是玩笑，却一针见血地戳到小 N 心里，多肉再迟钝也没法再无动于衷。

可离婚和分手，哪能相提并论。小 N 说，我之所以不想告诉他我早就分手了，就是怕他被我的委屈绑架，做出伤害家人的事。

我只是喜欢，真心实意地喜欢。不是占有，更从没奢求拥有完整的他。因此不希望自己给他带来任何动荡。

我们从没承诺长久，但总以为未来还有。
我们从没当面撕逼，却决绝得更加彻底。

小 N 说，当她无意间知道，原来多肉发了那么多朋友圈都只是对自己可见时，她既感动又失落。明明是能够预见结局的路，两个人却还是走得这么辛苦。

小 N 拉黑他那天，是八月二十一日，月圆之夜。

那天多肉没上班，据说是他老婆帮他打电话请假，还说让领导同意他辞职同她去美国。

多肉当然不肯，他放不下小 N，而夫妻之间的事情太复杂，不是三言两语、爱与不爱就能撇清的。

小 N 最后说，不必觉得亏欠，当初情出自愿，如今情过无悔，你我之前没有怨怼就是最好的结局。

挂了电话，小 N 就把他拖进了黑名单。

她跟我说，终于可以大哭一场。

你的每滴眼泪都不无辜

那些眼泪教会你的事永远比教科书上的公式要根深蒂固。

01

两个月前隔壁部门新来了名主管，不仅皮囊出众，履历与能力也都很出彩，很自然成为整个公司的焦点。

要知道在这个看脸的世界，有个养眼的同事是一件多么鼓舞人心的事，我把工作日闹钟都调早了五分钟！

主管跟我坐得比较近，刚来不熟悉环境，总咨询我关于公司的事情，有时候连午餐都让我帮忙一起订。其实我挺烦这活的，以前有过帮同事一起订完午餐然后对方总忘记付钱，说出口显得计较，不提又莫名憋屈。

但主管一次都没有忘记过，不仅没忘记，他还会在饭送来后准时给我微信红包，假如应付三十二元，他就会包三十五元。

就像小C评价他，是个情智双高的人。

那时我跟财务室的出纳关系不错，订午餐也总带上她。后来公司有了工作餐，我们三个人也还是围在一起吃饭，也有同事调侃我仨。

小出纳平时是个闷葫芦，跟财务大姐和会计张叔常年待在最里面的办公室，要不是我们同时进公司，我们大概一年也说不上一句话。

那天小C过来总部办事，顺便留下蹭工作餐。

有羊肉汤、板栗烧鸡、什锦玉米和鱼香肉丝。我们仨照例坐在一起分菜，就是大家每次都会把自己不吃的，而别人爱吃的菜匀一匀，皆大欢喜。

于是不爱吃肉的小出纳照例把汤里的羊肉和菜中的肉丝挑出来给了主管，而我把玉米拨给她，又从主管那拿了几枚板栗。

下午主管拿了车钥匙说要去新项目，我立马举手说捎上我。

小C却连忙拽住我说，你晚点走，我有个文件要找你一起填。

当时我还不太耐烦，直到两小时后小C开车送我，路上她说，别再跟主管和小出纳走得太近。

我问为什么，她云淡风轻地说了句，他们早就睡过了，你还懵然不知地给他们打掩护。

我当时一听就愣了，他俩怎么可能！小出纳平时连话都跟他没几句，主管更没表现出对她半分垂青。

小 C 也没反驳，她只说你看。然后我顺着她的目光，看见新项目的招商部门口停着主管的车，副驾驶上明显有个女生，从轮廓就能看出是小出纳无疑。

我惊得差点咬到舌头，问小 C 怎么刚来公司见他俩一次就能眼光毒辣捕捉奸情。

她耸耸肩，微笑说，大概是熟能生巧吧。

02

她笑得云淡风轻，我的心却瞬间收紧。

小 C 被前老板开除后一直找不到工作，是我把她介绍进的分公司。至于被开除的原因，是她抓到前老板出轨。

前老板，也是前任男友。

前老板什么都好，对小 C 也算体贴。小 C 父母过来看病，他全程接送陪同，找关系挂专家号，又订酒店又雇保姆。没让小 C 花一分钱，也没让她操一分心。

可是人无完人，前老板就像《单身男女》里古天乐所饰演的那个玩世不恭的靓仔。同样年轻，事业有成，尽管有了小 C 依然迷恋那种万花丛中过、片叶不沾身的潇洒。

小C第一次抓到他出轨是跟大学同学，原因是小C发现了一张化妆品的账单，而那并不是自己常用的牌子。尽管前老板故意把它放在了公司应酬的报账单里，但小C还是一眼认出他用左手签的字。

第二次，是在车子副驾驶里发现一瓶矿泉水。前老板开始死不承认，气急败坏骂小C小题大做，直到小C提出要看行车记录仪才终于败下阵来，承认确实载过前女友。

第三次，是前老板带小C一起出去露营。组团的人很多，认识的不认识的，本来大家玩得很开心，有人问谁手机下了外卖软件，有信号的话就试试附近有没有吃的。

于是有人问前老板，Hey，老徐你有吗？

他还没来得及回答，就有个姑娘抢答，他，一看就没有啊。

这件事小C跟我讲过，当时我问她，这句话没什么问题啊，可能就是觉得老徐不像是会玩这种外卖APP的人啊。可时隔很久，我仍然记得小C当时的语气，她说，不，我当时就能感觉到老徐跟这个姑娘，有事。

后来，事实证明，那个姑娘不仅知道老徐手机没有外卖软件，甚至还在老徐手机识别里面录了指纹！

就是那次，小C忍无可忍在公司跟老徐闹了起来，她把手机用力地砸在了老徐的额头上，顿时鲜血直冒。

被全公司看了笑话的老徐恼羞成怒地冲小 C 咆哮，你给我滚。

小 C 在家哭了整整三天，眼泪怎么也止不住。

她反反复复地说，自己就是犯贱。

如果早一点离开，在第一次发现他不忠时就果断离开，就不会有后面的一而再再而三的伤害和疼痛。这些也就罢了，自尊心被践踏、信任感全崩塌、自信被摧毁的绝望茫然又该如何从头再来。

她忍不住哭了又哭。我甚至要怀疑，她这样一直哭下去，会不会脱水而亡。

小 C 再活过来，已经是半年后。我还记得她打开房门，冲我挤出一个久违的微笑，就像是用剩余眼泪的盐分堆积成的城堡。

03

主管和小出纳的地下恋情还没曝光，他就跟公司请了陪产假。

原来他早结婚了，而且这已经是第二胎。

知道消息的我来不及惊讶，第一时间去了财务室。幸好其他人都不在，我看见小出纳眼泪啪嗒啪嗒直掉，像松动的水龙头。

我不知道说什么，只能让她请假回家。

晚上我约了小 C 吃饭，正在聊这件事时小出纳就打了电话过来，她问我能不能去陪陪她。

小出纳其实是我的二房东，在情在理我都无法坐视不理。何况，栽了这么大的跟头。她毕业后独自一人在这个城市，以为遇见一个愿意对她好的男人，同时优秀如此，怎么会不一心一意，倾囊相付。

结果，却换来这么一个丑陋又惨烈的结局。比生吞一万只苍蝇更恶心委屈。

小出纳捂着胸口说，感觉心脏就像被保鲜膜裹了一层又一层，又闷又疼，无法喘息。

她一边流泪一边抹掉，胡言乱语地说着，诸如他不值得我哭，他为什么这么对我，他到底有没有心，他都有了二胎为什么来招惹我，还说我是此生挚爱。

她越哭越恍惚，整个人神志几乎被摧毁。

我有点心慌，只好给小 C 打电话求助。

她在电话那边沉吟了一会，才说，让她好好哭一场。只有痛彻心扉，才能彻底醒悟。不是有句话叫，未曾哭过长夜不足语人生。

小 C 告诉我，她当年也是这样，以为把一生的眼泪都流尽，甚至练就一身捉奸技能。

说起来拆穿主管和小出纳的奸情一点都不难，小 C 说，她就是看见小出纳把自己碗里的羊肉给主管时，顺便用筷子择掉了上面的大蒜叶子。你想，通常这种情况下，如果只是普通同事分个菜也就算了，谁还会帮对方过滤掉什么生姜花椒？除非小出纳知道主管是不碰大蒜，并细心地帮他除去，那么两个人的亲密程度可想而知。

其实我们的每滴眼泪都不无辜。

它是你犯下的傻气、错爱的荒唐、愚蠢的天真、心智不坚的脆弱、无能为力的怨怼，还有不舍往昔的执迷。每一滴眼泪都是你犯过的贱，是你的忏悔，也是你蜕变的勇气，它终会铺平你未来的路。那些眼泪教会你的事永远比教科书上的公式要根深蒂固。

04

我以为小出纳会选择辞职，哪知道她没有。

她一如既往地上班，看见主管也会勇敢地直视。尽管除了我和小 C 之外，并没有人知道之前的一切。

她明明不必自取难堪，却还是走到他面前，把他送的香水当众归还。

甚至还用调侃的语气说，章主管，你家都添二胎了，经济压力应该也很大，这种几百块一瓶的香水我真不好意思收，还是还给你挂网上卖了换两罐奶粉钱吧。

主管当即脸色煞白，他大概做梦都想不到一向懦弱胆小的小出纳会这么闹一出，让他瞬间颜面扫地，还惹了个骚扰未婚女同事的骂名。

而我回过头看见小出纳冲我伤感而释怀地微笑，眼角闪有泪光，嘴角笑容却灿烂耀目。

所以你看，那些流着眼泪等天亮的夜晚并没有白白浪费，所有痛苦、眼泪、鲜血、恨意都不是人生里的小黑房。相反，它们是你通往光明前的隧道。也许黑暗漫无边际，也许寒冷暗中偷袭，但你知道眼泪终会停止，天亮以后把脸洗洗，一切重新开始。

在这个人人出轨的年代，你如何自证清白

一段关系从亲密到疏离，谁也别想置身事外。

对方出轨了，不是一夜情，不是吃快餐，而是实实在在的背叛，身体、感情，都与另一个人有染。你却哭着说，为什么全世界都知道了，只有你还被蒙在鼓里。那么答案只有一个，不是智商欠费，就是没那么爱。

01 "那么真相只有一个，另一个女人来过。"

不知道你们有没有发现，每次有明星被爆出轨新闻，总有人跳出来冷冷地说，其实他们老婆早知道了；他们早就没感情，秘密离婚；他们各玩各的，不知道多开心。

虽然我不赞成这种随口栽赃的阴谋论，但我相信，那些声泪俱下地质问另一半，为什么他变心了，自己却是最后一个知道的人，心里也没多少爱。

别告诉我因为太过信任，所以才屏蔽了所有蛛丝马迹。

任你的枕边人拥有再高明的骗术，全世界都为他的谎言让路，如果当真深爱，关心着他的一举一动，都不会错过他眼角眉梢的风起云涌。

否则怎么会有那句，女人在捉奸时智商都远超爱因斯坦，个个都是福尔摩斯呢！

之前网上还有张很红的照片，是个妹子的男友给她发的浴室自拍照。镜头下的男孩拥有古铜色的肌肤，紧实均匀的人鱼线，线条刚柔的手臂。明明是用来勾引女友的秀爱照，却被妹子当场断定他早已出轨。理由仅仅是，他的洗脸台整整齐齐，排列有序。

吃瓜群众大约觉得她小题大做，事实上，没人比她更了解男友。他明明懒散又邋遢，不可能亲自收拾洗手台。那么真相只有一个，就是另一个女人来过。

还有个妹子说，她有次给出差在外的男友打电话，问他会不会趁机约会前任，对方说怎么会。瞬间她的心就凉了，因为之前每次开玩笑男生都回答，对哦，要趁机约一发。后来在她追问之下，果然男友承认两人刚吃完饭。

就像我的前同事许欢，女友不过是问他，自己短发会不会好看，他立刻就起了疑心。他说过喜欢女友长发及腰，女友也对一头秀发爱护有加，用的是比一瓶面霜还贵的洗发水。结果女友出差两天回来，就变成了齐耳的小短发。尽管她对许欢依然热情似火，但从酒店出来，许欢就跟她说了分手。

因为在女友去冲澡的时候，他偷看了女友手机，果然发现她微信朋友圈里有个男人说，短发的小女子才更精致。许欢灵机一动给对方发了条微信，问他觉得自己短发和长发最大区别是什么。对方邪魅狷狂一笑，说再也不用担心压到你头发了……

时过境迁，许欢把这件事当笑谈跟我们分享时，我们几个女生都很诧异。毕竟他平时是个非常粗线条的人，连有次财务做错账每月少发了他八百块奖金都不知道，八百块啊同志们，我们账上少八毛都跟人拼命，银行查余额都要精确到小数点后面两位数。

结果他仅凭女友剪了个头发，就发现她跟男同事的奸情。据说后来女友苦苦哀求，说他们不过就是出差那晚喝多了酒……许欢根本不想听，也许在别的方面他不甚在意，但对于所爱的人，他不可能不留心在意。他了解她，要不是有人怂恿，或者发生特别的事，不可能因为一时冲动或者新鲜剪了头发。

后来我们开玩笑说，要是她没剪头发呢，也许这事就过去了，毕竟她当时也没有分手的念头，完事后还在跟许欢商量买个两克拉的婚戒。

可是许欢一本正经地说，就算她没剪头发，也一定有其他的痕迹可寻，以他当时对她的在乎，不可能看不出来。

所以啊，许欢说，他根本不相信某些明星只有被娱记爆出出轨后，他们的另一半才知道。他说，那些一听说某某明星出轨，就跑到对方另一半的微博下面哭着说，好心疼你才知道的网友，都是咸吃萝卜淡操心。

假如连另一半是否背叛，都要靠狗仔来跟你约定"周一见"或者"接下来再爆猛料""视频大公开"才能获知真相，那么做人未免也太失败了。

02 "我哪知道，他会真的移情别恋。"

同事的表姐西子是在十九岁时认识现在的老公宋离，当初她也是外文系的系花，以做翻译官为志向。恋爱半年后宋离拿到国外知名大学 Offer，她不堪忍受异地恋的痛苦，直接休学跟了过去。

四年后，他们回国结婚。婚礼上宋离十分动情地说，感谢她一路陪伴。她把手捧花高高抛出去，眉目上有情真意切的幸福满足。

初到国外时，他们一起吃过太多的苦。所以回国后西子的事业步入正轨，宋离就让她安心在家备孕，学习插花或者手工甜品。

同事说，表姐夫是个很有想法又浪漫的男人，他们之前闲聊时有提过，希望表姐能开一间小小的花艺工作室，或者手工甜点馆，只做线上订购。等他下班或者周末，两人一起开车去给客户送订单。不用计较成本，有一份用心去做的工作就好。

同事当时非常羡慕，怂恿表姐赶紧学起来。可是她不久便怀孕，人也娇气起来。要不是医生叮嘱多下床运动有助生产，她可以一躺就是好几天，过着被保姆伺候，被亲妈婆婆围绕照顾的生活。

后来生了小孩，她更加抽不开身，也没那种闲情去用心学做一门并不怎么挣钱的行当。她说照顾和陪伴孩子都来不及，于是一再搁置。

宋离很是想念西子在国外出租屋里亲手做的蛋挞，芳香四溢，回味无穷，那时他毫不吝啬地给予了最高赞美。她也说想要拥有一间甜品屋，屋里全是甜点香气，屋外的院子里种满蔷薇。客人可以买一只法式面包，再带走一把水仙花。

可惜彼时如此美好的憧憬，记住的人只有他了。

某个周末，宋离带西子和孩子去逛商场的后花园。恰好碰见了熟人，是生意上比较重要的客户。他连忙上前客套，并介绍了太太。可是当西子伸出手去，对方目光明显露出诧异，甚至嫌恶。宋离才发现，她的袖口沾满了孩子吐的奶痕，还有经年的顽渍。

那一瞬间，他发现眼前这个散发着浓得化不开母性光辉的，同时也是蓬头垢面、不施脂粉的母亲与记忆里那个清晨便在厨房里忙碌、化着精致妆容、身量纤纤的女人相去甚远。不仅换了衣服皮囊，连蕙质兰心都变成了俗世尘埃里的一粒鱼眼珠。

后来他在机场遇见一个做手工饼干的女生，她坐在他旁边，头上戴着一方细纹格子方巾，一脸的月牙笑说，你也是去上海吗？飞机又晚点了，你要不要来一块越蔓莓饼干，我自己做的。

上了飞机又发现两人竟是比邻的位置。长达三小时的飞行，她很健谈，聊甜点、聊国外生活。他惊喜地发现两个人有那么多的相似。她简直符合自己心目中所有对妻子最初的期待，内心安静，笑容饱满；有事做，也有期待；有俗事缠身的苦恼，也有追求诗酒花月的情怀。

没多久，他们真的在一起了。从吃饭看电影到钟点房。他从不在外过夜，女生也极其乖巧，不追问不为难。他按时回家，面对妻子的焦头烂额和一屋狼藉。

他后来说，最初真的没想过要离婚。他给了那个女孩一笔钱，扩充店铺，购入进口机器，说是当作投资，其实是补偿。他不想做负心的男人，也不想太辜负人家，只能用这种方式安慰自己的心。

直到有一次，他在家发现阳台上已经放置了四天还没洗的衬衫，上面有一枚触目惊心的口红印。他顿时心慌了一下，下意识地回头看了一眼妻子。她正忙着一边给孩子冲奶粉，一边看韩剧。周围洁白的地毯上还有前一晚孩子玩过的沙子，因为保姆临时请假，还来不及清理。

他试探地问，怎么衬衫还没洗。西子已经恼怒地吼起来，你早出晚归不管孩子，就把家当旅馆，除了睡觉就是让人给你洗衣服，等我弄完孩子再说，先放着吧。

原来她根本没看见。他忍不住松口气。但下一秒，却袭来一阵悲凉。随着跟外面的姑娘见面越发频繁，他撒的谎也越来越多，今天说开会，明天说出差，后天说项目专题研讨。有时候他自己都发现说漏嘴，可是西子从未察觉。

然后脑子里就冒出一个自己都觉得荒唐的想法，她究竟还爱不爱自己呢。要是不爱，她不会这么甘心地为他生下孩子，照顾家庭；可如果爱，为什么会半年来都没发现自己的异样。她那么敏感，却没有一次嗅出他身上属于另一个人的气息。

后来，他干脆不再想方设法地撒谎。西子也不闹，她有的是事情忙，带孩子看剧，跟闺蜜逛街买东西八卦，根本顾不上他彻夜未归究竟去哪。

当宋离下定决心提离婚时，西子满脸错愕，声泪俱下地追问，为什么。什么时候开始的，她究竟哪一点比我好。结婚时你不是说过，要照顾我一生一世，不离不弃。

原来还有人是在靠结婚誓词维系爱情，原来从头到尾她都没有丝毫察觉。连他不曾透露丝毫的好友同事，都说早看出端倪，偏偏天天睡在身边的人，一脸错愕。

那之后好几年，西子一直以受害者自居。开口闭口，便是"这段失败的婚姻"云云。宋离听了只觉得酸楚又释怀，在他心目中婚姻并不是生意，根本没有成功失败一说，更不是可以被拍卖估值的艺术品。

西子甚至带着孩子去宋离的公司闹过几回，以弱者的姿态，以深情的眼泪，起初博取了一些同情。但她反复倾诉，宋离多么狠心，自己竟是最后知道的人。终于有看不过眼的女同事跳出来，冷冷地递给她两张纸巾，你每天和他在一起，却都没察觉他异样，请问你的心思都放在哪里？既然你的心思都不在他身上，现在离婚了，你应该开心才是。纠缠什么呢？

西子愣了半晌，依然不死心地嗫嚅出一句，我怎么知道，他真的会移情别恋。

对方只好回以冷笑了。

03 "有哪个男人愿意一生只睡一个女人。"

任何疏远、背离、漠然、分开，都不过一夜之间的事。你以为分离太突然，都不过是醒悟太迟缓。

念大学时教经济学的老师温泉比我大六岁。毕业后，我们成为闺蜜。有次去她家做客，聊得太热烈，她建议我晚上住下来。于是给她老公打电话，想让他带一只牙刷和一条毛巾。结果，对方挂断了。

当时是午夜十一点。我敏感地嗅到硝烟味。但温泉没有接着打，而是告诉我，其实一开始她要嫁给这个比自己小四岁的男人，全家都是不同意的。而且，连身边的密友们也不同意。

原因是温泉有过数位男友，且都跟对方坦白过，而对方则是纯情处男一枚。闺蜜们纷纷摇头，哪有男人愿意一生只睡一个女人，总会想要尝尝新鲜的。

她们都说这样的婚姻，总要防着，不如不要。

可是温泉却认为，天底下根本没有上了保险的婚姻。无论对方是否处男，是否花心，是否家财万贯，是否毫无建树，在这份爱里都应该保持一份警觉性。

这种警觉不是翻看手机，也不是突袭检查，是对另一半持续的爱和了解。就像刚开始恋爱那样，对他保持好奇心，关心他发的每一条朋友圈，记下他称赞过的餐厅，留心他喜爱的电影……而不会因为结婚、生子等琐碎生活停止这种温柔的爱意。

我们都在成长，爱情也像植物般壮大，这是缓慢而持续的过程，我们应当要有承担的力量，也有接受变迁的勇气。即便无须抱着烟花易冷、人事易分的悲观，但至少不要以为结婚便是终点，孩子便是筹码。

否则总有一天，我们怠慢的感情，会用枯萎的方式彻底结束。在这个人人出轨的年代，我们无法自证清白。毕竟爱是两个人的事，就算真到无法挽回，至少自己是第一个知道的人，也不算太糟。

午夜十二点半温泉的老公才回来，一言不发地回了房间。温泉依然没说什么，第二天早上，她老公主动下楼买了早餐。吃着吃着他才沮丧地说，老婆，我升职函被驳回了。她点点头说，猜到了。

老公很诧异，温泉才说，你早上从钱包拿钱，里面还是厚厚一叠新钞，我就知道昨天你没有买单。那肯定是有另外一个同事抢了主管位置。

她老公又问，你昨天打电话我也没心思接，你不会乱想吧。温泉摇摇头，你心情不好的时候，都讨厌电话铃声响。

我到现在也记得温泉她老公当时一脸的钦佩和释然，原来所有对另一半的猜忌，对爱情的怀疑，对婚姻的恐惧，都是源于对自己无法掌控、无法了解的卑微。

那么，一段关系从亲密到疏离，谁也别想置身事外。

你家备胎转正了吗

备胎之所以是备胎，因为从一开始就不是心中所爱。

01

最近有个闺蜜怀孕了，被妊娠反应折磨得苦不堪言，但每次跟我吐槽的第一句话都是，婆家太穷了。

她和老公都是国内首屈一指的大集团员工，虽说小职员工资不算高，但跟我们这些朝不保夕的打工仔比起来，福利待遇简直就是一个在翊坤宫，一个在冷宫。

两人领证后，她就搬到老公的单身宿舍，水电宽带费用一应全免，还有营养丰厚选择多样的免费食堂。每天早上她只用赖在床上等老公买早餐回来，再散十分钟的步到办公室。

前几天，她公婆从新疆远道而来，几乎带来当地全部特产，外加两万块钱大红包给她买金。

她嚼着肥硕的葡萄干跟我吐槽，他们可算走了，交流太费劲，连普通话都听不懂，不知道他们除了放牛羊还会干啥。

紧接着又发来一张左手自拍照，腕上的金镯子有手铐那么粗，周生生的大钻戒在她的无名指上熠熠生辉。

我连忙夸起来，呀，真好看，公婆对你没得说。

她发来翻白眼的表情，也就五十分，还是我老公攒钱买的，公婆给的红包还要存起来办婚礼用，说到这又叹口气，贫贱夫妻百事哀。

作为早起晚归，加班连个工作餐都吃不上的单身狗，我怒了，你嘴里吃着，肚里怀着，老公宠着，公婆疼着，你还想怎么着？

她想了想，也是。于是画风一转，开始力陈老公种种好处，从工资悉数上交到省掉自己大衣钱给她买乳霜，最后自己总结道，老公对她确实挺好。

但也就剩下这些好了。她补充这么一句，然后语重心长地警告我，嫁人一定要找有钱的。

我故意反问，像 Z 先生那么有钱？

她果然不说话了。

其实真正让人心生抱怨的，并不是眼前的人多么糟糕，也不是眼下的境况多么艰难。而是错失了最想要的那一个，不得不做出退而求其次的选择。

她老公就是那个其次。

论家世，Z先生父母都是知名大学教授，平均每两月一次远赴美国参加学术讨论会议。

论家产，Z先生父母坐拥三套电梯公寓，两套独栋别墅。仓库里还放着一辆落灰的宝马和一辆SUV。

论自身条件，Z先生留学瑞典，主修IT，长相也与她老公不相上下。

怎么比？没得比。

何况他们当初分手的原因，"仅仅是"Z先生的父母在他们交往五年后才第一次"召见"她，并在饭局上言辞犀利地"羞辱"了她。

而Z先生却对此无动于衷。

于是她怒而离席，决绝之后却追悔莫及——分手后没多久，她找老公大哭一场，一觉醒来，发现自己怀孕了。

02

再说另一个女友大V。她生在单亲家庭，欠缺父爱，容易对年长的男人动情。

但她自己年纪也不算小，在小城二十三岁正值婚龄。于是交往的年长男人大多已婚或者离异。

她情绪低落时的口头禅是，我觉得心里有个黑洞，怎么也填不满。

每次说完，她就去谈恋爱。黑洞，你们知道的，都不能用多深来衡量，一两个男人哪够陪葬。

于是大V辗转于多个男人之间，游刃有余，毫不心虚。

甚至一旦哪个男人对她用情太深，动了离婚或者结婚的念头，她都会立刻断尾，逃之夭夭。

虽然这姑娘的感情观混乱，但她有一句话说得有些道理。

"备胎之所以是备胎，因为从一开始就不是心中所爱。"

那些"填洞人"对她来说全是备胎，属性一旦更改，便黯然失色，不堪一击。

03

但说起备胎最高段位，同事小P则更胜大V一筹。

从上班第一天起，就有人把花送到办公室。好好的一大捧红玫瑰，被她生生拆开，分给每个女同事一小束，还一副肯收下就是帮了她大忙的表情。

接连一个月，每天如此。

于是全公司的人都知道，小P正被一个出手阔绰的神秘对象热烈追求，然而她不为所动。

两个月后，部门总监也决定出手。

所有人都能看出总监喜欢小 P，但他却不表白，只是送礼物，从随手凑单买的书籍到冒着大雪去买的圣诞护肤套装，从几百块的小东西到几千块的新款手机。

小 P 收起来毫不手软，也从不避讳。

小 P 漂亮清新，气质高冷，穿衣风格宽松简洁，至少从外表上看，跟穿着蕾丝边长裙或者低胸装的绿茶婊并不在一条跑道上。

尤其她对女同事友善大方，肝胆相照。办公室的女生大大小小都受过她的恩惠，即使有时候也会为总监打抱不平，但归根结底还是只能说一句，一个愿打一个愿挨。

直到我从总监那里听到小 P 的"每个人都有一个故事"，就像某某年的选秀节目，好像你没点凄惨经历都不好意思说自己有梦想。

小 P 的故事很俗套，她爱的人劈腿了，而且孜孜不倦地劈了三年。小 P 得知真相后自杀未遂，从此陷入跟前任相爱相杀的怪圈。

那个送花的就是前任。

心疼得无以复加的就是总监。

他红着眼睛，壮烈地说，我等她，直到她的伤口彻底痊愈。

要不是因为他是我领导，我肯定大嘴巴抽丫。

当备胎还当出英雄范了。

不过总监最后还是没扛住，在小 P 秉承只花钱，不暧昧的原则整整一年后。

他说小 P，除了给你买东西的时候你对我笑过，其他时候你都宛如陌生人。

谁知小 P 回一句，我们本来就是陌生人。

总监不死心，难道连备胎也算不上？

小 P 就笑了，至少备胎还知道安守本分。她补充一句，就像她自己。

04

我问过一个开车的朋友，备用车胎的使用频率到底有多高？他一本正经地回答我，备胎使用频率非常小，与地面的摩擦机会相对较少，如换上备胎后，四个胎的摩擦系数不同、地面附着力不同、气压不同，长时间使用会对车辆的各个系统产生影响，给行车安全带来极大隐患，所以能不使用备胎的时候就绝不会轻易使用。

但是，他接着说，长途远行或者自驾去往偏僻路段还是会带一个备胎，不为别的，心理上也会安稳一些。

这大概就是备胎存在的真正意义。

它就像一颗定心丸，一条回头路。

有它在，就能开得更肆意跋扈，爱得更义无反顾。

但备胎一旦扶正，只会不适应，难相处，久生厌。

甚至会不断怀念正室前任的种种好处，那些一见钟情，那些相得益彰。

这年头，谁没藏着几个备胎。谁又真的不知道自己曾只是备胎。但备胎也有备胎的操守，就是别存下不该有的念头。

否则再不能轻松地待在后备箱，而要重新磨合重新上路。

也许路途辛苦，也许被打磨得血肉模糊。

分手后多久有新欢才不算薄情

年轻时，每场别离无论以何种方式，都可以被原谅，然后遗忘。

01

　　阿飘沮丧地跟我说他表白失败了，对方翻个白眼说，你上一任刚分手半年就爱上我，你这种男人是有多薄情。

　　女生说完便气呼呼地走掉，剩下站在原地一脸懵逼的阿飘。他说，原来哭笑不得这个词真有原型。

　　我说是啊哈哈，然后笑出眼泪。

　　等小腹快要抖出一块腹肌，才想起我也曾如出一辙地失望于对方的薄情。

02

那时我和骆先生分手不久，他在第二十八天还在给我发深情款款的句子。

"刚刚经过我们第一次约会的餐厅，忽然路边的灯光就全都像打散的蛋黄一样模糊起来。已经忘记了有多久没见面，好像是三天前，又好像是三年。也许我们这次分手就真的再也回不去，但我还是放不下你。请你务必照顾好自己，我再也不能接送你上下班，给你带早餐，也不能在零度天气给你送一杯滚烫的拿铁，不能及时安慰你的委屈，也无法再和你拥抱……很感激，曾有你陪伴的时光。请答应我，一定好好照顾叔叔、阿姨、奶奶，还有你自己。"

当时很庆幸，是夜晚回家才看见这条消息。

不管曾经相处里有多少委屈撕逼，也不管分手期多么难熬痛心，看见这段文字，坚持了许久的坚硬瞬间就像滑入开水的面条，瞬间柔软。

眼泪就像盛夏的阵雨，唰唰落地。

我当时编辑了一万种回复，最终一一删除。好像说什么都不对，也好像说什么都白费。只能看了一遍又一遍，心里堵得只能微弱呼吸。

接下来两个星期，终于没再收到只言片语。

直到一个共同的朋友发来消息，居然是问："你和骆要结婚了吗？"

第一反应当然是诧异，因为她虽然不知道我们分手的消息，但也知道我们争吵不断，问题重重，不可能这么快修成正果。

但这个问句也不会是空穴来风，果然她很快跟上一张照片。

图片上是两只手十指交握，手腕上都戴着情侣款的手环。

因为曝光太过厉害，我并没能认出究竟哪只手腕是骆先生的。唯一能肯定的是，他公开了新欢。

朋友说，这居然不是你，你们什么时候分开的，也没多久吧！

也许是参与和见证了太多太多我们的过去，她当时比我还激动，简直义愤填膺。骆当初那么喜欢你，明知你是个入不敷出的月光族，是个只买贵的不买对的败家女，他还是对你死心塌地，因为你不吃肉，他这么爱牛排的人就整整两年没碰过。连你说要去洗手间，他都会适时递上你常用那个牌子的纸巾。

我记得你们上次闹别扭，他还声泪俱下地来求我，帮忙劝劝你。他怎么能一转身就爱上了新欢，还堂而皇之地挂朋友圈，让我们还怎么相信爱情。他不会是故意气你吧？

她后来又打了一堆，我没再继续看下去。

因为最震惊的，当然不会是她这个局外人。

03

我还记得当时是下午三点四十分,桌下暖风机呼呼地吹着,那还是他去年一听我说办公室空调不给力,立刻在京东上给我买的那款。

可是从握着手机的掌心开始,猝不及防的寒意随着毛孔寸寸蔓延,直到在我周身包裹上一层薄薄的冰。

明明先转身的人是我,明明即使在最痛苦的时候,也清醒确定这就是最正确的决定。

可是那张照片,他们交握的手指,还是像个齐心协力的巴掌。

我竟以为,他会难过很久。

可笑的是,我还以为他描述的痛苦都是真的。

当时没法继续在办公室待下去,我匆匆按了电梯想随便去什么地方走一走。可是茫然地不知道该去哪里。

脑海里全是一幕幕不过一个月前的事,我认真地谈论分手时,他握着方向盘面如死灰的寂灭表情,至今还深深刻在脑海里。然后一眨眼,是他对着新欢甜蜜微笑的样子。

究竟哪一个表情才是真的,究竟这个人戴了几重面具。

我当时以为是不合适,才忍着不舍得说分离。我以为我们都一样付出过感情,会需要一段不短的时间来平息回忆翻滚的潮汐。

结果。

原来是我一个人脑补出来的小电影。

当时心底弥漫的寒意在嘴角结出冰霜一样的花。

除了冷，我再也找不到另外一个词来形容当时的寒意四起。

04

但现在回头去看，其实真的没必要介怀。

后来朋友说，那个女生根本就是他的资深备胎。嘴上说着爱我，不舍得，身体却很诚实地上了新欢。

当时她的语气依然不屑，大约是因为我们都约定俗成地认为，真正彼此有感情并付出过深情的两个人即使选择了分开，也应该会在相当长的时间里治愈自己，放下过往，清空了曾经的爱意，抵挡住一百次复合的冲动，才能真正走出来，面对下一段感情。

即使别人说，伤痛不过百日长。

可这才几天呢。我那时如此执着于时间。难以置信，难以释怀，觉得他怎么可以一转身就忘记。并且那么笃定，甚至公开恋情，毫无余地。快得让我怀疑，他是否只是对着我演了一场伤心欲绝的戏，事实上在我提出分手那一刻，他根本就是心花怒放舒了一口气。

是啊，我被这种黏稠的情绪裹得几乎窒息。

直到我问自己，那么要多久，他公开新欢才不算薄情，我才会更能接受一些。半年？一年？两年？或者三个月，一百天也行？

然后我就发现，其实跟时间没有关系。

在我们确定分开的那一刻起，他便没有义务再把我们的感情储存在心里。而也许，迅速地转身，止损，开始新的感情，是他走出迷雾更为快捷的一种方式。

分手其实是一场有去无回的各自旅行。

谁也不知道对方会在什么时间、哪个场景，遇见下一个结伴者。

有的人或幸运，或脆弱，不想一个人走得太久太远，于是尝试和另一个人结伴前行。

而有的人或独立，或更希望一个人静静，于是只有孤单的背影。

其实都没有关系。

毕竟从分开的那一刻起，花多久时间痊愈都不是考量薄情与重情的标准，相爱若是一场肩并肩的冒险，快乐过的人都不必道歉。

你以为我懂事了，
其实我只是放弃你了

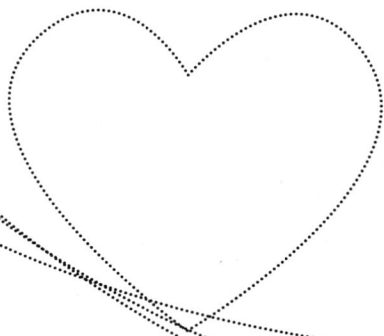

我不想一直站在被伤害的地方

面对在乎的人、在乎的事，我们永远不可能对那些伤害无动于衷，与其违心地掩盖、粉饰表面的光鲜和平，不如先迈出这一步。

昨晚阿蓝突然发了几张自拍，背景是夜色下的黄浦江，焦点是她的迷离目光。配文是，已经很勇敢，可还是很难过。

我隐隐预料到发生了什么，果然我点赞后她就秒回了一句，颜，我离婚了。

虽然早有预兆，但真真切切地看见这四个字，还是觉得震撼。

两年前阿蓝出嫁，我是伴娘。夫家家境殷实，公婆也都随和，没什么门第之别。对于父母离异，各自成家，从小更跟着爷爷奶奶长大的阿蓝来说，实在是所有人眼中最好的归宿。

何况这位骆先生对阿蓝十分体贴大方，他会在大马路上让阿蓝把脚蹬在自己大腿上，然后弯腰帮她系鞋带，也舍得花两个月工资为阿蓝买下钟爱的限量款包包。

他喜欢在朋友圈晒和阿蓝的自拍，也霸道地要求阿蓝跟他一起秀恩爱，两个人吃的饭、看的电影，都要在社交圈内留下图像文字的印记。他说这是一种让他踏实的仪式感。

不仅如此，骆先生更是让人放心的伴侣，他的手机密码是阿蓝的生日，银行卡密码是他们恋爱纪念日，车牌号是他们的大喜之日。

他带阿蓝出席各种应酬，大方地介绍，这是我太太。十指相扣眼角眉梢都是溢出来的满足和幸福，不知道让多少人艳羡动容。

可是我知道，阿蓝过得不快乐。

有两次我主动找阿蓝聊天，一次是兴致勃勃地跟她分享我们都热爱的彩妆新品，谁知她过了足足一小时才回复我，抱歉，亲爱的，刚刚在陪老公开车呢，不方便回消息。口红很漂亮，是几号色？

另一次是我们闺蜜聚餐，其中一个人刚巧买了新车，打算亲自一个个地来接我们，本来挺开心的事，到了阿蓝家楼下，她却满脸抱歉地走过来告诉我们，她老公执意要送她过去，就不搭我们的车了。

说起来不过小事，不值一哂。但我记得当时开车的闺蜜呵呵一声干笑，我们心照不宣地岔开了话题。

直到某次我给阿蓝打电话，那边竟然传来禁止呼入的提示音。大约是见识太少，从没遇见过这种回应，出于担心我只好给骆先生去了电话，他喂一声就冷冷地说，你等下，我让阿蓝自己跟你说。

原来阿蓝接某男同事的工作电话长达一小时，导致骆先生一直打不进电话，于是他直接去通信公司找了关系，强制性掐断了阿蓝的通话。

我听完简直惊呆了，阿蓝的声音委屈又无奈，她说，明天我会把新号码发到你手机上。

阿蓝问我，你惊讶吗？我想点头，又想摇头，还没来得及回复，她的电话直接拨过来。她说，我想过无数次离婚，这一次，终于成为现实。我解脱了，可我也真是难过。

阿蓝很爱骆先生，我们都清楚。否则她那样恐婚的女孩子不会义无反顾地嫁给他。骆先生或许也爱她吧，否则不会那么在乎。可我们心里却也忍不住质疑，爱是这样把人逼到墙角无法呼吸吗？

阿蓝第一次提出分手，一开始十分坚决，手机屏蔽，微信拉黑，搬回娘家，一心一意准备离婚事宜。可是骆先生上门跪求，父母苦苦相劝，他甚至写了保证书，要对她一生一世好。更买下一辆比自己开的车贵两倍的跑车送给阿蓝，以示诚意。

他卑躬屈膝，泪眼婆娑，别说他也是阿蓝所爱的男人，就算只是寻常电视里的男主，都让人心软动容。

两个月后，阿蓝发现自己怀孕了。决心和好。他们手牵手去宜家看婴儿床。当时阿蓝所在的微信群里大家聊得正开心，还是上次的男同事问她在做什么，她想都没想就抬手拍了张宜家照片发进群里，表示自己正逛街呢。谁知这一幕被骆先生瞟到，但当即没有发作。

回去的车上，骆先生旁敲侧击地说，你现在有了宝宝，就不要工作了。阿蓝当然不肯，她最不屑就是沦为主妇之流。其他事也许可以忍让，可是这种事关原则的问题，阿蓝态度十分强硬。谁知一下子就惹怒了骆先生，阿蓝不想同他争吵，瞅准了一个机会便自行下车，想要另外打车回家，冷静冷静。

结果骆先生把车往路边一横，冲过来扼住她正要拦车的手腕，阿蓝大叫着你放手，弄疼我了。骆先生也气愤地说，你还知道疼？你知不知道你总和那个男同事聊天，我有多心痛？

阿蓝愕然地看着他，无奈解释，我们之间什么都没有。

骆先生还不肯放弃，依然瞄准她的鼻尖说，你是我老婆，却总跟别人聊天，你要不要脸。你怀着我的孩子，却给别人发婴儿床照片，你问问你爸妈，这事干得对吗？

骆先生嗓门之大，引得路人纷纷侧目。阿蓝尴尬得瑟瑟发抖，对方却还有不嫌事大，恨不得让全世界的人都站在他那边来讨伐阿蓝之势。

再后来，怒气总是会平息，疑虑也会消除。任何无中生有的事都能得到合理的解释。可是阿蓝每次想起那一幕，都会忍不住哭泣。

那一晚，她看着满沙发的婴儿用品，还有装饰一新的婴儿房，忽然做了个决定。

原谅，其实并不难，难的是信任无法重建。阿蓝说，当她记不清第几次从噩梦里醒来，看着眼前这个睫毛纤长浓密，熟睡中依然温柔地拥着她的男人，忽然做了个决定。

阿蓝告诉我，那场石破天惊的争吵和指责，每句话，每个唾沫，就像水泥那样已经灌注她的心里。

她说，就算离婚的决定这样艰难，她也不愿意一直站在被伤害的地方。

这一瞬间让我想起曾经最亲密的发小。她与我同年，但她已经早早结婚生子。办婚宴时她跟我抱怨老公太抠，我就咬牙赞助了五桌宴席，那几乎是我当时全部存款。后来她儿子上学的事也是我妈妈忙前忙后。十八九年的友谊，我以为这都是应该的。

　　有次我们相约看电影，那时她刚给孩子断奶，体型比生前胖了足足四十斤，我便打趣地说，好像看见真人版的相扑队员。就这一句话，她记在心里，甚至写了长篇的微博，大骂我的粗俗无理，说我嫁不出去，所以嫉妒她有夫有子的幸福。

　　时隔一年，我依然无法忘掉那一行行字跃入眼帘的震撼和委屈，还有气得眼泪直掉的手足无措。我想过截图甩到她脸上，可是最终还是忍下来。她在微信里照常称呼我为 honeg，比喊她老公更甜蜜。

　　可我却停留在那篇字字带刺的微博里，无法再往前挪出一步。

　　她说去逛街呀，你带我买衣服；我说哎呀刚好没空。她说我们去吃自助餐，我说呜呜最近很穷。也许是阿蓝给我的触动，在这个毫无征兆的夜晚，我选择了在她那篇微博下留言，我说其实我很早就看见了。我心底是希望她能道个歉，一切既往不咎。结果打开微信才发现，她的头像消失了。

　　而我惆怅片刻，终究是轻松。

　　面对在乎的人、在乎的事，我们永远不可能对那些伤害无动于衷，与其违心地掩盖、粉饰表面的光鲜和平，不如先迈出这一步。是很难，也会痛苦，但在所有往昔里美好的部分全都灰飞烟灭之前，让我们只记得那些灿烂的部分。这是我们对曾经的伤害最大的宽容。

你以为我懂事了，其实我只是放弃你了

我并不难过，却还是依依不舍。

01 分手以后，还是朋友

"二十分钟后到你家楼下，去吃牛排。"看见这条消息已经是五分钟后，簌簌想了想，还是一个鲤鱼打挺从床上蹦了下来。

穿衣、洗漱、描淡妆，统共只花了不到十三分钟，还剩下两分钟，她换好了鞋子，拿上手包，再次拢拢头发，满意地照了下镜子。

窗外那辆白色的 M4 如约而至，可是簌簌并没有立刻下楼按时抵达。

她在沙发上坐了十分钟，最后她一点点卸掉了妆，放下盘好的丸子头，回复消息给对方："昨天熬夜了，这会还在床上，改天再吃吧。"

"我等你半小时。"

簌簌看见他调整了座椅，拿出笔记本，应该是在处理邮件。他总是这样，见缝插针地工作，每天就像活在excel里的数字标本。

曾经，这是自己最迷恋的样子。换作两年前，簌簌早就飞奔着上了车，给他一个大大的甜腻拥抱，用光洁的额头去蹭他淡青色的下巴。有种粗粝的磨砂感，是全世界独属于她一个人的小确幸。

可是就在临出门的瞬间，她突然觉得有点累了。

她说："你别等。我真不去了。"

说完以后，她从容地脱掉外套躺回到床上。

突然想起两年前，他们起了些争执，她害怕坏情绪过夜，于是一刻都不能等地去他家门口守株待兔。

五点半的时候才忍不住给他发了微信："我去找你。"

"今晚部门聚餐，会很晚。"对方明显是拒绝的语气。可她还是去了，一言不发地等到半夜一点。气温从十二摄氏度直降至两摄氏度。她坐在门口的脚垫上瑟瑟发抖，看见他满身酒气地回来，眼睛潮红。

事后回想起来，应该是有心疼的。可他说出口，却是，你怎么还是来了，你怎么这么不懂事，等了多久，为什么就不能改天再说。

好不容易进了房间，他匆匆洗漱完还没来得及聊天就呼呼大睡。第二天清晨把钥匙丢给她，让她自己回家。她一手扶着方向盘，一手抹着眼泪，不懂为什么要哭，明明是想见也见了，想抱也抱了，心里还是委屈爆棚。

跟他开玩笑地发，你请年假吧，我们去旅行。他说，你懂事一点。

吃醋地指着微信里面那个女生问，这是谁？他严肃地皱眉说别闹。

她发烧，抱着他的腰说，别去见客户了，陪陪我吧。他叹气地在她额头上印下一个吻，乖，听话。

仔细想想，也是有宠溺的吧。

只不过，那个时候他的全部重心都在工作，客户、同事、下属占据了他大部分的时间。他说需要一个懂事的伴侣，可那时的她刚好是撒娇的年纪，需要很多很多用宠爱堆积而成的安全感。

当闺蜜问，你们到底为什么分手。簌簌才惊觉，他们分开已经很久了。虽然还有联络，但已经没有撒娇和期待，他除了偶尔经过，说要跟她吃顿饭，再也没什么交集。

两年后她工作、升职、被新认识的小鲜肉追求。问对方喜欢自己什么，小鲜肉眨巴着眼睛说，好像发生什么事都不会让你手忙脚乱，看见你就像看见定海神针，有种莫名安宁的力量。

小鲜肉说得很认真，她却忍不住流泪。

簸簸发现自己终于变成了别人眼中懂事的女生，却没人知道她用多少个流泪不舍的晚上，才换来如今跟深爱的他，越来越像。

他们分手以后还是朋友，他依然给予恰到好处的关心，比如带她去吃喜欢的餐厅，若有空会驱车一百公里去接她飞机，买了新车会第一个约她来试。

可惜那种宠溺的亲密，却似乎死在那个他在身边呼呼大睡的晚上，他甚至都没有好好为她暖一暖手。

簸簸窝在被子里，一字一字地输入："我已经不想知道，你开什么车，去什么地方，给我带了什么礼物。你觉得我懂事了，其实我只是想要放弃你了。"

02 你我未有幸，说一声愿意

每次说到胡杏儿，都绕不开黄宗泽，这个与她相识相恋长达八年、满脸轻痞眉角闪耀的男人。

他的绯闻那么多，可是她一次次站出来力挺男友，用"贪玩"两个字轻易就挡下"花心"的标签。我至今还记得在万千星辉的颁奖礼上，她拿着奖杯，含着眼泪公开跟黄宗泽的感情，第二天所有媒体上都看到他们的亲密合影。

然而，被问到结婚。她还是微笑着摇头说，暂无打算。

在一起八年，说没有结婚的打算，谁能相信。谁能狠心这么消耗自己的青春。当时我就觉得心酸，果然不到一年，分手就成了定局。

跟李先生的公开新恋情，飞快地步入婚姻殿堂。她款款大方地讲，我的前前任和前任都是很好的人，他们一个教会我做温柔的女人，一个教会我做成熟的大人。但我还是最喜欢现任，他教我做回小孩。

黄宗泽唱过一首歌《最后祝福》，歌词就像是为他量身定制的。"我这样讨厌，他如此完美，能共你好好地相处，哪会像我们，将吵架当玩意，没法挽手一辈子，最挂念的你，悲剧已停止，无用再伤心另一次，你我未有幸，一起说声愿意……"

不同频率的两个人，到最后也只剩下一声叹息。

03 我们曾经那么好

表姐结婚那天，哭成了泪人。大家都以为她是开心，三十五岁这年终于嫁给了家世、学历、收入都旗鼓相当的男人。

　　但就在婚礼前两天，我们几个小辈从外婆家溜出去喝酒，她多喝了两杯，拉着我的手说，不需要太早遇见那个人，因为不会有什么结果。

　　表姐十七岁出国留学，十九岁遇见美籍华人导师，他又成熟又酷，她却是离开家一切都想要依赖的小女孩。她不懂他的世界，那么复杂。他也无暇呵护她的脆弱。

　　她闹过，用尽一切手段刷存在感，刚开始对方还会哄哄，说好听的话。

　　时间长了，他甚至连电话都直接按掉。

　　她养的猫死掉了，疯狂地给在台湾出差的他打电话。结果他从不接，变成了关机。也许对他而言，这不算什么。这是人生中可以独自面对的难挨，悲伤被控制到他回来再处理。

　　可年轻总伴随着不成熟，还有歇斯底里地哭泣。她觉得自己发生了这么伤心欲绝的事情，他却连接电话的时间都匀不出来。说心灰意冷都不足以描述那种失落的万分之一。

　　后来表姐悲愤回国，不到半年遇见了现在的先生。一切都刚刚好，在外人看来怎么都是无可挑剔的婚礼。

　　可是她哭得那么伤心，原来在不成熟的年纪爱上的人，都是又用力又纯粹。虽然伤人伤己，却爱过恨过，什么都不顾。

　　而在懂事后，我们爱上一个人，懂得了适时退一步。

　　打一次电话不接，我们就很体贴地不会再拨第二遍。

发一句，我想你了，对方没及时回，我们就删除记录，当作不曾存在。

感冒了不再撒娇说要抱抱，买一盒药吞下，转身工作，就忘记了这件事。

天气冷了会自己多穿衣服，不再会耍小心眼故意地递给他东西时，用冰凉的手指划过他的温度，企图在不经意间得到他眉头紧皱的关怀。

忘记带伞的雨天，不再举着电话说你来接我好不好，而是问你顺路吗？

我们成熟以后，就懂得了每个人都有他的为难，不给爱的人添堵就是最妥帖的温柔。

可是当我们日渐强大，周身甜腻的气息被大雨洗刷而去，也就不再是能够随意跟爱人撒娇的年轻人。

我听簌簌说过最伤感的一句话是，我并不难过，但还是觉得依依不舍。明明曾经那样好过，他就躺在她身边，眼睫毛轻轻翕动，他的 T 恤上还有茉莉香气。可是他们已经那么远了。

04 我只是不得不放弃了你

有时候真的，多么不想要成熟独立又所向披靡。

我所有的期待，不过是在你身边，做个甜腻的小孩。

其实他什么都知道

其实他什么都知道。

她想要的，她不舍的，她开不了口的，她言不由衷的。

原来一叶障目的，是动了心的她自己。

01

十五岁的欧阳锋懂得留时髦的短发，出门前不会忘了浅浅打一层发胶，边转笔边吹刘海的小动作轻易就打到情窦初开的小女孩心里。他对谁都噙着一抹笑，在礼貌和热情之间，进退自如。

但 Cici 以为他对自己不同。就连当时同班的小男友都恶狠狠地警告她离欧阳锋远一点，再远一点。

平时可以被监视，但在办公室就是另外的天地。作为班长的 Cici 和数学课代表的欧阳锋边帮班主任批改作业，边谈天聊地。干燥的冬天里 Cici 全身充满静电，头发全都吸在欧阳锋的羊毛衫上，拽都拽不回来。欧阳锋想了想，目光落到笔筒的那枚卷梳上。班主任一走开，他就偷偷把梳子伸进她的茶杯里，沾了水，轻轻梳两下 Cici 的头发就顺滑地垂下去了。

等班主任再喝水时，两个人相视一笑，像参与了彼此最珍贵的青春，守着这份亲密，分分钟就默契得所向披靡。

不久，小男友和 Cici 在自习课上大吵一架。放学时，小男友找欧阳锋单挑他最拿手的篮球。撂下狠话：赢了，欧阳锋以后不准再和 Cici 说话；输了，自己就和 Cici 分手。

结果，小男友输得惨不忍睹，红着眼眶骑上车逃一样离去。

而欧阳锋在一众喝彩声里拍拍 Cici 的肩，去找他吧，解释一下，没事的。

Cici 咬咬嘴唇，最终什么都没说。也许是舍不得，没几天小男友自己就笑嘻嘻地凑过来，好像什么都没发生，他还是等她一起回家，手牵着手。

但关于 Cici 和欧阳锋的传闻甚嚣尘上。甚至有大胆的女生站到欧阳锋面前，指着 Cici 问，你真喜欢她？

欧阳锋笑笑挡开她的手，你想太多了。

女生接着问，那干吗对她那么好？

他依然笑得无懈可击，我对你不好吗？

女生脸一红，自然没再问下去。

Cici 站在门口不知道该进还是退，只知道包裹她的全是同情而不屑的眼神。

学期快结束的时候，小男友转了学，Cici 旁边的座位空了出来。自习课时欧阳锋就会坐到她身边来，一起做作业，一起听英文。

每当 Cici 解开了他解不出的难题，又或是做了满分的完形填空，欧阳锋总会露出崇拜而惊喜的眼神。Cici 以为这一次，再也没人横在他们之间了。可是只等来他模糊的一句感慨，Cici 啊——他拉长语调，要是你的长相跟你的成绩成正比的话，该多好。

02

二十三岁的杨过聪明好学，精通日语，会开车，懂烘焙。隔三岔五带来亲手做的饼干点心，上至董事长，下到保洁阿姨，无一不被"贿赂"得眉开眼笑。

其中蔓越莓饼是拿手菜，但这次他越过众人，独独摆在了 Jane 的桌上。

Jane 是新来的同事，又冷清又漂亮。有才华，也有脾气。第一次跟客户开会就固执己见，弄得老板差点下不了台。

Jane 的主管气愤地在几个私下要好的同事群里讲，看来这姑娘待不长了。

杨过也附和说，那不正合你意了吗你之前还担心她会不会抢了你的项目。

同时点开 Jane 的小窗，姑娘，我给你点一万个赞！帅呆了啊刚才。

反正杨过不管是给 Jane 发什么，好吃的或者好玩的，天涯八卦或者知乎热门，她的反应都一如既往地冷淡，偶尔应一声，但更多时候都石沉大海。

可是杨过坚持了三个月。

三个月，足以发生许多事。比如 Jane 渐渐适应老板的脾气和工作节奏，比如她逐渐融进主管的小团体，下班跟大家一起搞搞聚餐，吐吐老板的槽。每当结束时，大家都会特别自觉地把 Jane 交给杨过送回家。

可这一次，约好吃火锅的杨过却失踪了。每个人轮流给他打电话，都不接。大伙纷纷揣测，是不是出了意外，把目光都投向 Jane。可她也是一脸疑惑，回到家抱着手机坚持不懈地打到半夜。

第二天杨过好好地来上班，笑着对大家解释，手机忘朋友车上而已。

她轻易就相信了，偷偷为他安然无恙舒了口气。

直到他们终于在一起之后的某一天，她才从他跟哥们的聊天记录里发现，他其实是故意的。他教哥们说，追姑娘的第一要义就是让她习惯你的存在，然后突然地消失，等她为你坐立不安时，你就什么都不用再做，等她自己送上门就好。

03

二十九岁的完颜康事业小有所成，经常出入健身房和高尔夫球场，业余爱好下厨和拍照。他对生活要求甚高，有轻微洁癖，崇尚有节制的自由，认为结婚生子才是品质人生的开始。

在任何人眼中，他都应该是一个不错的伴侣，包括Jessica。这也是即使他们已经分手三年零六天，她和他还能做朋友的原因。

还有一周，我就和她去领证了。以后可能没空再隔三岔五找你吃饭。

听不出是炫耀还是抱歉，Jessica 只能耸耸肩，那很好啊，你终于安定下来了。

也许因为雨太大，谁也没急着走。他们安静地坐了好一会，冰淇淋也似乎融化得格外缓慢。Jessica 觉得这似乎是他们相处的光阴里最浓稠的一节。

雨势最磅礴时，她终于开口问，为什么不能是我。

很长一段时间里，Jessica 脑海里都萦回着那个下午，她觉得自己迷失在那场没有尽头的雨里，淋湿得很彻底。

三年后，她把自己在上海办画展的消息发布到朋友圈。很快就收到他祝贺的消息，甚至还有专程快递来上海的礼物。

卡片上写着，假如那时我选的是你，大概世人就没机会见识你的才华。

来上海的这几年，她频繁地刷新他太太的微博，里面全是一个家庭主妇的日常。简单温存，毫无野心。

她忽然想起多年前那场雨里，他的目光也湿漉漉的。他说，你的人生太多变数。越在乎的东西，越无法忍受它的无限可能。

其实他什么都知道。

她想要的，她不舍的，她开不了口的，她言不由衷的。

原来一叶障目的，是动了心的她自己。

分手的正确打开方式

我们的爱若是错误，愿你我没有白白受苦。

表白的甜蜜都千篇一律，分手则虐得各有千秋。

就拿前一阵闹得沸沸扬扬的王宝强事件来说，一条指名道姓的离婚声明激起千层浪。紧接着女方也不甘落后，绝地反击，使得局面几乎一边倒地支持男方。网友们群情汹涌，恨不能把那对男女除之而后快。

先不评论孰是孰非，只想说这种分手案例大概是反目成仇里最残忍的一种。不留余地，赶尽杀绝。

与之相反的分手现场，大约是谢霆锋和张柏芝这样的。同一时间发出离婚声明，肯定对方的付出，感激彼此的成全。

即便是离婚，也依然会共同维护孩子的健康成长。

张柏芝甚至在谢霆锋父亲大寿时，亲手作了一幅画，谢霆锋也不得不诚恳地赞了句，有心。

日后张柏芝面对记者谈起离婚，或者微笑里还有遗憾，但说起曾经偷偷哭泣的夜晚，目光里尽是释然。

这种分手方式，就像烟火燃尽后的一声叹息，尽管也会留恋夜空的绮丽，但仍然懂得接受生命里种种的注定。

当然，这两种分手方式都不太具备普世意义。毕竟，并不是每个人都会经历像王宝强这样令人发指的婚姻陷阱，也不是每对情侣都像霆锋和柏芝那样永远活在聚光灯下。

我们普通人，也有普通人的分手场景。

阿咪被甩那天，给我打了足足三小时的电话。不是痛骂男友的薄情，而是细数自己的跋扈任性和公主作。她痛哭流涕地跟我讲，其实男友对她真心不错，走到这一步全是被自己作的，她悔恨交加，很想倾尽全力挽回一次。

当时我并不赞成，因为从她描述的男生态度来看，我感到凶多吉少。她曾经把分手挂在嘴边，次次都是男生耐心挽回。一旦他主动提分手，那一定是深思熟虑，再无转圜。

可她到底还是背着我疯狂地打电话，发大段大段的文字，卑躬屈膝，做小伏低，细数自己的罪状和懊悔。被拒收之后，又去对方公司门口苦等，捧着他最爱的寿司船和游戏鼠标，众目睽睽之下，放弃自尊，求他回头。

但男生满脸不耐，起初还碍于群众目光跟她周旋，最后实在抵挡不住她的泪眼婆娑，丢下一句你不要这样，转身疾步离去，把围观的热闹和她的渺小都抛诸身后。

这种死缠烂打的自毁式分手最是常见，太多人总在对方触底反弹时才幡然醒悟，曾经相处中自己种种恶劣行径就像毒蛇一样把自尊心越缠越紧。

越是自责，就越是难以走出泥潭。只能依靠对方的冷漠来消磨自己的斗志。阿咪捧着手机大哭时说了一句话让我印象深刻。她说，其实我就是想知道自己能痛到什么地步，能不要脸到什么程度。

不禁想起另外一个同事，他跟女友的恋情也是公司路人皆知。他尤其热衷给女友买礼物，但凡见到我们女同事身上有漂亮包包、衣饰，甚至吃到可口的蛋糕，他都会仔细打听一番，然后列入给女友的礼物清单。

每个人表达爱的方式都不同，这个同事就是那种"我想把所有的美好都送给你"。当然很烧钱，短短一年半里，他在女友身上共花费十一万。仅仅是礼物，并不包括平日约会开销。

当女友以性格不合提出分手时，他百般挽回而不得之后，愤怒地要求她归还所有礼物，如若是已经用完的消耗品则用现金补偿。

我们几个女同事听说以后纷纷皱眉，认为面对这种男人必须退避三舍。难怪别人说，分手见人品。如此小家子气的处理方式，简直让人不齿。

有句老话，叫作分手后能做朋友的，要么是没爱过，要么还爱着。其实分手后能不能做朋友不重要，但若从相爱变成伤害，就真让人心痛遗憾。

李宗盛写过的旷世情歌里，我最喜欢的词是这句："我们的爱若是错误，愿你我没有白白受苦。"

后来我问阿咪，有没有后悔过当初死缠烂打，酒醉成泥，颜面尽失，毫无理智。她苦笑着说，其实有的。但假如再重来一次，我还是会痛哭流涕地抱住他的大腿。至少，我曾经拼命挽回过。总比优雅地转身后，却日日压抑不能呼吸要来得畅快淋漓。

听说那个男同事的女友也是硬气得很，当即归还了所有礼物，包括她珍爱的名牌包包、数码相机和早就用顺手的笔记本电脑。一一清空内存，连包装都尽量还原成最初模样。另外还折了一笔现金递上来，做完这一切，感情被清理得干干净净，她最后微笑着说，但愿从来不曾遇见你。

男同事抱着那些"战利品"昂首阔步地走在大街上，炫耀自己即便失去感情，但到底没成为"帮别人养老婆"的冤大头。

可是不到半年，某个午夜他发了这样一条朋友圈，"又买了很多东西想要送给你，可是买下来以后，才想起已经失去你"。天还没亮，就被删除。

其实王宝强事件的舆论也不完全算一边倒，至少还有挺多公众号纷纷出来指责他的不理智，甚至公开挑衅：跟女人公开撕逼的就是 low 逼。

但感情破裂之后的分手哪有什么正确打开方式，你没有感同身受，就别劝人理智宽容。不是当事人，永远不清楚这其中的曲折与辛苦、崩溃与委屈。旁观者就不要浅薄地对号入座，自以为能够做到比他更好。哪怕真的可以做到更好，那又如何，相爱和分手都不是一场真人秀，他人的目光是盛赞还是轻蔑，又能对当事人的痛苦加重或减轻几分呢。

当众撕逼鱼死网破也好，相逢一笑泯恩仇也罢，你和这个人的告别只有一次，选择一种不后悔的方式就是给自己最好的交代。

发泄愤怒，或是隐忍坚强，你的选择都会照亮日后的路。或许发泄后更释然，或许隐忍后更辛苦。毕竟感情的事，谁也无法控制。理智约束的是行为，不是心境。

我不祝你分手快乐，只愿你落子无悔。

谁说女生都爱演韩剧

> 用被伤害造成的痛苦，去博取那个伤害你的人的同情心；用他离开后的迷茫颓唐，来交换有朝一日他的回眸一顾。心微微一痛，旧情就像被点燃了一样，嘭嘭地开始放烟火，韩剧里那些哭泣着的脸谱，并不是生活。

June 失恋了。单看这句话，勉强算上一部午夜档泡沫剧。但如果加上"她还有一个月就满三十岁"，立刻就跻身恐怖片行列。要是再多加一句"她还离过一次婚"，就是我要讲的故事。

June 是我的同事，人美声甜，外号"抠脚大仙"。

某天中午她蹲在座位上剪脚趾甲，被行政经理翻着白眼提醒注意仪容。结果她用一句"老娘就是抠脚也比你捂嘴来得端庄"彻底和行政经理结下梁子。

其实我们这些新来的，都不喜欢行政经理，但没人敢和他当面叫板。

没办法，当一个女孩子同时拥有美貌、智慧和逗比，就会所向披靡。

她可以在面试时直接对董事长说，别跟我谈理想，我的理想就是不上班；也可以敷着面膜加班到半夜两点，自拍一张发微博，并艾特甲方。

她可以携着比志玲姐姐还要肉麻的嗓音，对客户撒娇说自己不胜酒力；也可以在我们被逐个围攻时，四两拨千斤。

她可以在每次跟男友视频前都沐浴刷牙；也可以在朋友圈发一张仿佛在臭水沟里浸泡过的赤脚照，配上一句"我不想说今天雨有多大，反正我穿了一双黑皮鞋"。

总之，June 永远是聚光灯下的焦点，她可以萌妹子，也可以女汉子；可以饿起来不是人，也可以吃饱了当个女神。

我不相信有人能拒绝 June。即使她有一次失败的婚史，即使她带着一副显山露水的吃货身材，即使她常常来不及梳洗就出门上班。

爱慕过她的男人名单比我的购物清单还长两圈。

可是她偏偏看中万千理工男里最平凡的那一个。我们一起吃过 N 次饭，也没能让我记住他的脸。

直到听 June 说她这辈子最大的心愿就是在芬兰的小别墅里边剪草坪伐木，边发朋友圈。我才默默舒了一口气。要知道，那边的房价并不算太贵。

我进公司时，他俩正好恋爱三年，异国两年零三个月。每次她男友回国之前，June 都会大张旗鼓地在公司群里发布代购通知。但凡男友有半点疏漏或者多问一句半句都会被她骂得体无完肤。挂了电话，还回过头来跟我们抱怨，唉，理工男就是化妆品盲，不过你们放心，要是他买错了我就让他吃进去。

有一次她让他帮另外一个同事带奶粉，扛去了邮局才知道塑料袋必须充气，结果他一个人在那锻炼了整整三小时肺活量。

收到快递那天，June 千叮万嘱要等她来了才能打开，因为她已经整整五个月没有感受过男友的呼吸。

我们开玩笑说，这是来自大洋彼岸的湿吻。

谁也没想过 June 会被甩。

虽然事故现场更像是 June 甩他。

我问 June，你为什么非得赶在三十岁前结婚呢，你难道不知道逼婚的女人比洪水猛兽还凶猛狰狞，别说他是个男人了，就算是个男神也挡不住。

June 摆摆手，扯了扯嘴角。那个称不上是笑容的弧度竟让我看出酸楚的味道。白天里她依然插科打诨嘻嘻哈哈，但是下班后她的电话永远都是关机。

某个加班的晚上她终于绷不住，跟总经理吵了一架。回去的路上她哭着抓我肩膀，为什么晚上还要上班，我上哪找时间哭。

路灯照着她浮肿的脸，并没有眼泪。疼痛艰涩地从她瞳孔里溢出来。整个人就像一块已经碎掉的玻璃，只是被轮廓卡得死死的，只有清晰裂痕，看不见碎片落地。

我颤颤巍巍地问她，假如，他不能带你出国，不能让你过上"伐木累"的生活，你还会因为失去他，难受得整夜睡不着吗？

June 没有回答。

第二天，他打通了 June 的电话。首先以责问她干吗拉黑了他一切联系方式为开头，接着表达这几天的不适应，最后询问她能否再给他一周时间想一想。如果他觉得能尽快结婚就联系她，如果他觉得还是不能，就不再打扰她的人生。

我听完激动得恨不得抱着她转一圈，我说我陪你等。

可是我们的 June 再次拉黑了他。

June 留给他的最后一句话是，分手就是分手，我没空陪你演韩剧。

倘若，我是她男友，大约会震惊于 June 的绝情。而他永远也不会知道，June 在做完这一切后哭得手机都拿不稳，哐当一声掉在地上，屏幕粉碎。

过了很久，June 才回答了我那天晚上的问题。她说，就算他不能带她出国，不能给她"伐木累"的生活，不能让她发朋友圈在以前的失败案例中扳回一局，她还是愿意嫁给他。

"因为我爱他，不会因为任何事放弃他。"

June 还告诉我她第一次失败的婚姻，缘于对方劈腿。她只发现了一次，就毅然离了婚。至今她也不知道那个女人是谁，长什么样子。

当时两人所有亲友包括她父母都苦口婆心地劝，她仍然干净利落地签了字，下午就从新房搬出来。好像劈腿的是她，急不可待地想要跟新欢双宿双飞的是她，狠心把十年感情一笔勾销的是她。

"爸妈都哭着责备我。他们说，几千年来哪个女人不是把一哭二闹三上吊玩得炉火纯青，你们青梅竹马这么多年还怕斗不过三个月的外人？"

可是谁都不知道，June 从那时背井离乡，一个人换个城市重新开始，有半年时间都是在哭泣中睡去，在噩梦中醒来。不是不懂得示弱，而是觉得没必要。

"用被伤害造成的痛苦，去博取那个伤害你的人的同情心；用他离开后的迷茫颓唐，来交换有朝一日他的回眸一顾。心微微一痛，旧情就像被点燃了一样，嘭嘭地开始放烟火，韩剧里那些哭泣着的脸谱，并不是生活。"

June 对着镜子拍拍脸，窗外的天空毫无悬念地，又亮了起来。

你苦苦哀求的样子，很丑

后来每每想起自己给他发的那些石沉大海的字字句句，会深深地怀疑，那怎么会是我说出的话。每个字都卑微到血液里，每个标点都像刺破绸缎的针一样刺痛我自己。

那一定是我生命里最丑陋的样子。

却暴露在根本不在乎我的人面前。

01

你有耗尽心力，却又无计可施地挽回过什么人吗？

一段感情被拦腰斩断，变故来得太过迅疾，你眼睁睁看着鲜血淋漓却全无反应。

直到尖锐的刺痛汹涌而至，才仿佛被抽去了脊椎骨一样，跪倒在地。

什么脸面尊严，都没有这股痛意来得清晰。

02

2009 年的夏天，我正在男友家等开饭，接到远在长春的女友打来的电话。

当时她的男友就在隔壁打游戏，她绝望地坐在厕所的马桶上，跟我说，男友又在跟那个女孩聊天了。

那个女孩原本是他们的校友，也是游戏里常常组队的战友。据说有着异常艰难困苦的童年，父母离异，各自远走他乡，从小和奶奶一起生活，高中时因为长相出众而常常惹起男同学之间的战争。

大学理所当然的没考上，去了职业学校学模特专业。

上周女孩失恋了，哭哭啼啼地去找女友请求借宿一晚，理由是她担心自己独自待着会忍不住割腕。我女友一开始也是拒绝的，但人已经来了，总不好撵出去。一时间想不出合适的理由来拒绝，只好答应了。

后来她说，那时怎么能想到呢，一切发生得那么突兀而自然……

说起来也很巧，女友第二天接到家里的电话，奶奶意外摔伤，需要她赶回去照料。临走前，她状若无意地问女孩什么时候离开。对方依然哭哭啼啼精神恍惚地摇头。她只好先回了家。

她说，男友租的不过是个套间，旁边还有很熟的室友，大伙都知道他们的关系，他和那个女孩总不至于太过亲密。而且在此之前，她并没觉得两人有任何暧昧关系。

除了女生的小心眼和纤细的神经，她实在没什么实质证据。

直到三天后，一向秒回她消息的男友突然连续两次挂断了电话。她心下一沉，没有任何犹豫地坐两小时公车赶回了男友的屋子。

庆幸的是，她并没有撞见脑海里勾勒出一万遍的、香艳的、恶心的、令人脸红羞涩同时万箭穿心的那一幕。

然而，尽管主角已经人去房空。她依然在打扫房间时找到了两枚用过的"TT"。

就像是等待着另一只鞋子落地的住客，她终于泪如雨下。哭完以后，她冷静地清理了现场，换了床单，扔掉垃圾袋，洗干净水杯，更换牙刷，朝空气里喷自己最爱的香水。

一切完毕后，她冲了一杯咖啡，男友打开了门。

她呢？她沉静如水地问。

刚上了火车。他几乎是方寸大乱地说，我们分手吧。

女友难以置信地看着他，你真的爱上她了？对方摇摇头，不是你想的那样，但我跟她确实已经……

我不想听。你别说行不行。女友抱着头开始号啕地哭。她说，你过来，抱着我。男生没有动，她视线模糊地盯着他，很久很久，终于慢慢起身走出房间。

接下来整整一周，女友还是按时去男友家，帮他洗洗刷刷收拾整理。男友也照样给她做饭，炖她爱喝的汤，仿佛没什么不一样。从头到尾，男友没有说过一句抱歉。他只说，要是你受不了，那就分手吧。

他还说，我不爱她，但我确实做了对不起你的事情。是我没有控制住……自己。

他坦白得不留余地，甚至没有给自己找一丝借口。他说，一切就那样发生了，很突兀又很自然。

女友说，你知道吗，他的表情甚至有一些无辜。好像，是我不应该把那个女孩留下。是我不应该离开去照顾奶奶，给了他们可乘之机。

后来那个女孩也在他们三个人的群里说，自己无意抢夺谁的男友，只是太过伤心，需要一些慰藉。然后她表示不会再打扰他们的生活，平平静静地退了群，退出了游戏。

女友说，你看不起我也好，全世界都朝我吐口水也好，我就是走不出去。我就是爱他啊，我爱他爱到自己都唾弃自己。

那是个仲夏的晚上，我站在男友家天台倾听着这个来自千里之外的哭声，心里像月光一样惨然。不知道是该安慰，还是该给个犀利的巴掌。

那通电话差不多维持了两个小时。

等我下楼时，男友和他爸妈都已经吃完收拾了碗筷。我抱歉地解释了一下，他妈妈客气地说去帮我热饭，我连忙说不用，然后拉着面色铁青的男友告辞了。

那时我心里塞满了女友的遭遇，抽不出心力来关注男友握紧不放的手机。

又怎么会想到，同样的事情早已埋伏在路上。并且上帝已经提前让我观看了预告片。

03

圣诞节前夕，我给自己买了一部黑色的 iPod。男友知道以后眉头拧成了一根麻绳。他说，不是有手机吗，还要这玩意干吗呢。真浪费。

我解释了一通它们的音质差别以后，男友依然絮絮叨叨地说，你这么能花钱，以后我是养不起的，你最好毕业了赶紧去考公务员，这样才不会失业，饿死自己。

我原本的好心情被他的喋喋不休毁于一旦，气得口不择言地说，你这么看我不顺眼，那就分手啊。

我想我永远不会忘记，说出这句话时想要咬舌自尽的懊悔。以及，他正中下怀般的咬牙切齿。他说，这可是你说的，别后悔。

说完，他骑上单车奋力地蹬了几脚，用最快的速度消失在黄昏人潮中。

我站在原地，像个快要爆炸的气球。

04

当晚我就没绷住，给他打了二十来个电话，一开始他还挂断，后来干脆让铃声响到终点。

我在要面子和要男友之间挣扎得死去活来，握着手机看了又看，还是没忍住给他发了好几条道歉短信。我说，我认真地收回那句话，我只是太生气了。

那边依然毫无回应。

等到我真正意识到这次，他也许不会再对我嘻嘻哈哈一笑而过时，已经是三天后。他依然拒绝回复我任何一条消息，也拒绝接我任何一个电话。

我想了很多的招，托朋友给他送午饭，甚至买了水果去看他爸妈。我做这些事都毫无阻碍，以至于让我产生了，他只不过是在撒娇的错觉。

那些日子我在自我反省里一遍遍地折磨自己，想起从前每次吵架都是他先低头，这样不好，他也有自尊。还有他对我种种细碎的好，给我买喜爱的巧克力，或者带我去新开的游乐场。

人或许就是这样的动物，察觉到要失去时，就会本能地把那些支离破碎的美好拼凑出巨大的光，温暖独自流泪的夜晚。

醒来以后，更加感到不可以失去。周遭再也没有比挽留他更重要的事。

我用尽所有方式联系他，极尽一切地用文字忏悔、挽留、哀求。那时我唯一的底线只剩下，不去他家或者公司，当着他亲人或者同事的面流眼泪了。

然而，当这一切都无济于事以后，我还是破釜沉舟地去了他工作的地方。

我通过一层层关系，终于打听到他公司年会的地址，并且成功地找到了一个老同学，拜托他借助一些关系让我混进去。

我穿上了半个月前逛遍武汉大小商场，花掉整月生活费才买下的裙子和高跟鞋。

穿梭人群去寻找他时，周遭停顿的目光给了我莫大的勇气和希望，我甚至不自觉地扬起了嘴角，以为当他见到焕然一新的我时，会想起我们曾经快乐过的曾经，就会霎时回心转意，也许走过来拥抱我，也许会把外套覆上我的肩膀。

然而当他与另一个女人谈笑风生的那一幕映入眼帘，我才发现，自己就算从里到外都焕然一新又如何，对他而言，我只是一个旧人。

05

没多久真相浮出水面，他劈腿根本不是两三天的事。

我冷静下来后抽丝剥茧地找到了他们的情侣博客。（那时候还很流行这玩意。）仔细核对了日期，发现他跟我约会买的礼物，都偷偷给她准备一份。我跟他说分手那天，他对那个女生热烈地表白，还录了一个视频。我拼命打电话挽留时，他跟女生说前任出国留学回来，想找他复合，然后不失时机地表忠心。

原来我自以为放弃尊严、卸下防备的苦苦哀求能让他感动，结果都被他当成了讨好新欢的精致道具。

当我终于能够平静地把这些事讲给朋友听时，她义愤填膺地问我为什么不报复，进而给我出了很多解恨的招数。

但我不知道怎么告诉她，很久之后我才明白，自己恨的不是他，更不是那个一无所知的女生。

而是我自己。

是那个愚蠢透顶，不堪一击的自己。

是那个苦苦哀求，尊严扫地的自己。

后来每每想起自己给他发的那些石沉大海的字字句句，会深深地怀疑，那怎么会是我说出的话。每个字都卑微到血液里，每个标点都像刺破绸缎的针一样刺痛我自己。

那一定是我生命里最丑陋的样子。

却暴露在根本不在乎我的人面前。

06

后来我又遇见了一些有相似遭遇的女孩，其中最让我深刻的是栖栖。她结婚一个月后才发现老公已经结过婚，并且前妻至今还住在他老家的房子里。更无法容忍的是，此前她老公至少每两个月要回老家一次。她不死心地托朋友查了查，他在老家那里没有住酒店的记录。

离婚、卖房、分割财产，几乎在一周内完成。速度快得让她老公瞠目结舌，甚至深深怀疑栖栖究竟有没有真心地爱过他。

栖栖抱着酒瓶对我冷笑，没爱过？没爱过我会嫁给他？会辞掉工作跑来北京，会跟爸妈翻脸也要跟他领证？

　　说完吐了一地，第二天她发条朋友圈，我的美你已经不配。

　　字字铿锵犀利，我只觉得深深羡慕。尽管痛依然是痛，并不会因为这样表面的坚强而减少半分，但至少渣男不会再看见她哭到妆容惨淡的狼狈，也不会有拿出去炫耀自己魅力的筹码。

　　这何尝不是一种自我救赎。

♡

07

　　你可以背叛我，伤害我，羞辱我，诋毁我，折磨我。

　　你也可以让我哭泣、忏悔、夜不能寐、酩酊大醉。

　　但我不会再让你看见我的脆弱、彷徨、苦苦等待天亮的模样。

　　我也不会再让你知道我有多后悔，有多想念，有多么地想要回到当初。

叁

谁说始于床笫之欢
的爱情都不得善终

我爱你，所以我害怕

成熟以后，我们心里的茧随着年华逐渐增厚、变硬，
在怕和爱之间，我们总欠缺那么一点勇气。

01

昨晚方峥气呼呼地给我打了个电话，说曹胖子跟她提分手，就因为方峥不肯给他翻手机相册那 1654 张照片。

听完这个消息，我第一反应竟是有点窃喜，堪比珠穆朗玛峰般高冷的方美人也有今天，立刻回她，恭喜你，人生阅历指数又上升一百个百分点。

要是以前，方峥恐怕只会翻个白眼，可这次她却语气黯然地深吸一口气，问我，你说我是不是不适合被爱？

我差点被这句话踹到床底，这个世界上还有人不适合被爱？

要是换了别人，我肯定会觉得她是个矫情婊。但我认识方峥十年，她追求者无数，也有过数场恋爱，七年职场生涯从前台小妹到资深 HR，知进退，懂分寸，是那种就算意外目睹男友出轨也能礼貌性先带上房门，再压住排山倒海的愤怒心痛，微笑着说一句，我们不要再见面的理智而决绝的伴侣。

于是我静下心来，认真地听她倾诉整件事的前因后果。曹胖子跟她交往不过两个月，但感情却比以往交往两年的伴侣还要恩爱、合拍，就在一周前方峥还透露想要闪婚的念头。可就在昨天曹胖子送她回家，送她上楼前两人例行在车里聊五块钱的天，结果曹胖子心血来潮拿起了方峥的手机，他们认识一周的时候就毫无防备地让对方录入了指纹，当时两人的感情也因为这个微小的细节升至沸点。

然而，当曹胖子解锁后笑着说想看看方峥的相册时，她整个人就有点慌了。其实早已删除了历届前任，也不会有什么大尺度的艳照。可还是忍不住伸手去抢，嘴上在撒娇，身体却很诚实地用了百分百的力气。

曹胖子一开始也是闹着玩，直到方峥为了抢回手机不小心撞到了头，嘭的一下，方峥就捂着头顶重新陷在座椅里。曹胖子立刻放下了手机，忧心忡忡地问她还好吗，然后温柔地帮她揉了半晌。

确定方峥没事后，曹胖子归还了手机，如常送她上楼。

好像没什么不对劲，但从那以后曹胖子明显"退了一步"，他不再过问任何方峥不主动开启的话题，也不再追问方峥在微信聊天界面"撤回"的消息，究竟是真的打错字还是后悔点了发送。

总之，他表现得不再那么在乎。感情就像浴缸里的水，如果不持续加入热水，就会逐渐冷却。终于，到了这一天，两个人就像生长着的树叶般逐渐远去。方峥沮丧地说，后来她自己把那 1654 张照片通通翻了一遍，没有任何暧昧镜头，除了一些鸡毛蒜皮的自拍以及工作需要的扫描件，就是和闺蜜聊天的截图。就算曹胖子看了也不会引起任何醋意，只是，她在乎的并不是照片里有什么，而是把琐碎的自己这样一览无余地展露。

方峥说，原来一个人单身久了，是会变态的。对自己的一切私密都有强烈的隐藏欲，对别人，哪怕是所爱的人都忍不住要修饰一番再展示。

方峥说，她知道，是自己不够坦然，让曹胖子感到不被信任，自尊难免受挫。他对自己百分百的信任，换来的却是充满距离感的防备。

我很想隔着电话拍拍她的肩，亲爱的，你不是不适合被爱，而是因为你太爱，所以害怕。

02

同事小瑾是个貌美肤白五官精致的姑娘，才二十三岁，业余最大的爱好就是相亲。几乎每天下班后都要奔赴陌生人的约会战场，让我们困惑的是，以小瑾这样夏天穿件 T 恤也能走性感路线，冬天就算裹在套头毛衣里也能化身女王的颜值界一姐，怎么能相亲这么久还未功成名就？

每天下班前二十分钟她都会去洗手间重新打理自己，出来时便光芒万丈得像个女战士。说真的，我刻意选择不去凝视她的脸，否则接下来的十五秒恐怕都会很难挪开眼睛。这样的小瑾说她愁嫁，在这个看脸的世界里简直是笑谈。

果然半年后，小瑾终于恋爱了。据说对方很优秀，家境优渥，绅士有涵养。硬件装备丰厚，外表也没什么可挑剔的。我们竖着耳朵听小瑾跟他通话，温言细语，关心情切。小瑾脸上的"腮红"一整天都不会脱妆。于是我们起哄要她请客，也好见见这位传说的 L 先生。提议去吃火锅，小瑾皱着鼻子说不行，太市井；去吃川菜，小瑾说太辣；去吃烤鱼，小瑾咋舌说这么热呢；那串串呢，有家生意爆红天天排队的我能拿到优先号码牌，小瑾摇头，那跟火锅有什么区别。最后，我们去了小瑾订的西餐厅。死贵。小瑾悄悄说，我买单，你们负责吃。

于是整个晚上我们都在艰难地跟牛排作斗争，而小瑾全程跟 L 先生眉来眼去，连喝一小口奶油南瓜汤都像是在模仿奥黛丽·赫本。等到用餐圆满结束，我们同 L 先生礼貌告别，小瑾拒绝了他开车送我们回家的好意，挥手至对方车尾消失在道路尽头，她立刻拉着我们钻进了隔壁的大排档。

看着她轻车熟路地点了一大桌招牌烧烤，我们震惊之余才参透玄机，这货原来是醉翁之意不在牛排啊。

当然，我们也都没吃饱，比脸盆直径都长的白色餐盘里只象征式地放了一小块牛肉，哪里能比得上这里一串小烤羊排来得大快朵颐。

据说小瑾跟 L 先生发展迅速，我每天稍一抬头就能看见小瑾拿着手机意味深长地傻笑。恋爱中的她更加灿烂，让我总忍不住感慨，合适而美满的爱情才是女生最好的抗衰老冲剂。

可就在我们都商量着要包多少礼金时，小瑾请假了整整三天，再来上班时整个人都像是揉在衣柜里过了冬的皱衬衫，连笑容都很黯然。

不用问也知道是跟 L 先生出了变故，小瑾苦笑着回忆那原本该是个浪漫的夜晚，可当对方抱着她往放好了热水和花瓣的浴缸里时，她拼命挣扎，以至于摔倒在地。如果说，这在 L 先生心里投下了不完美的涟漪，那么第二天清晨小瑾哆哆嗦嗦地去洗手间化妆，因为眉毛还没涂匀，就让尿急的 L 先生足足等了五分钟，就是压死他耐心的最后一根稻草。

小瑾解释过，她委屈地说，我就是不想让你看见不完美的自己啊。我想让你眼里每一秒钟的我，都完美无缺。可是 L 先生说，我不想要一个永远防备着自己的伴侣。

小瑾捧着咖啡，把手机递过来。屏幕上是一张照片，里面的女孩平凡无奇，过目就忘。她却说认不出吗，这就是两年前的我。

没错，我整过容。即使现在的我卸了妆也不会差到哪里去，但我心里还住着那个自卑的自己，我总觉得一卸妆就像暴露了人生里那些平凡的、被忽略、被羞辱、被怠慢的时光。

小瑾说，我就是忍不住地害怕啊。

03

你有没有因为太害怕而错过什么人呢？我有。

高二时我喜欢上一个人，他像我们那个年代所有被爱慕暗恋的男孩一样，会打球，也擅长 K 歌，他最爱模仿张信哲。一年就一次的音乐课就是期末考试，他唱了一首《过火》，目光频繁望向角落里的我，当年我对那目光似懂非懂，也从未想过要回应他什么。

他交不出的作业我帮他补上，他打球脱下的外套我总认真叠好放在课桌下面的纸袋里。他比赛受伤，我苦苦哀求门卫让我出去买瓶云南白药。那时候的爱慕就像藏在棉布里的细细针脚，每一针，只有我自己知道。

差不多半年后我们越走越近，他会顺手拿起我桌上的可乐仰头就咕噜咕噜灌下去。去看球赛，他会当着很多人面问我，怎么样，是不是很崇拜他。而我也会故作不在意，回他一句，臭屁。

多年后跟当初的同桌聊起，她说那时在很多人眼里，我们俨然已经是情侣。我当时很惊讶，连忙澄清说我们当时谁也没有表白过，更没说要在一起。同桌就意味深长地说了一句，是啊，可那时我们这些旁观者看来，你们眼里根本就只有对方而已。

这句话让我伤感了很久，谁也不知道为什么毕业那天她们追问我和男生怎样了，我只能忍着眼泪笑笑说，什么啊，我们之间什么都没有。

事实是，毕业前两周他提出放学骑车送我。一路上他说了很多话，关于未来要去的大学，还有他很多计划。我至今仍记得当时对他规划里竟然有我的感动和惊喜。我们在江滩静静坐到天黑，然后他说送我回家。听见这四个字，我一下子就清醒过来。

那时我住在奶奶家的私房里，旁边原本是块草坪空地，可是素质差的人多了，就成了垃圾场。十字开头的年纪总是还没学会爱情，就早早品尝了虚荣。

我当然不敢让他送我到门口，于是指了指隔壁的小区，我家就在那，十栋。一路上为了掩饰心虚，我欲盖弥彰地说，小区里的桂花很香。

到了楼下他轻轻地拨了一下我额前的发，我有预感他想要抱我一下，可我却提前推开了他。转身假装要上楼，结果意外在电梯里碰到妈妈同事的儿子。跟我同年，因为住得近经常一起玩耍。他对我没有性别界限，上来就拉我的手，走正好陪我下去打球。而我这样被他一路拉着走出楼梯口，正好遇见想到了什么，又折回来想找我的男生。

他连解释的机会都没给，而我张张嘴，最后选择沉默。那个时候我心里只怕一件事，就是他发现我撒谎了。我为了可怜巴巴的尊严，只好眼睁睁看着他愤然离去。年轻的感情就像是冰，被赤诚的真心融化，又被尖锐的自尊心磨砺得刀锋清冽。

长大以后，我们终于明白要让对方心里有你，你必须先把对方放进心里。付出信任，才能收获柔软。

可是成熟以后，我们心里的茧随着年华逐渐增厚、变硬，在怕和爱之间，我们总欠缺那么一点勇气。

大概越是在乎深爱，就越想要保护自己。值得安慰的是，前两个故事的后续是，方峥重新找到曹胖子恳谈了一次，她把自己的壳逐一剥开，得到了一个温暖有力的怀抱。她说，原来当你彻底放下壁垒，得到的会是对方完全的卸甲。

而我们的小瑾依然在相亲战场厮杀，她说现在懒得化妆了，她想要告诉未来的另一半她本来的面目，这样会活得更坦然一些。

其实我很多年后跟喜欢的男生又有了交集，终于可以对他说声，当年我喜欢过你。然后收到他一句真诚的我也是。窗外夜色迷离，我们相识一笑的影子也渐渐重叠在这个城市的变幻里。

难以忘记，初次见你

把时钟往后拨，拨到我们开始之前，就卡在最初目光碰擦的那一刻，会有多么幸运。眼泪还没登场，伤痕也尚未开启。

而我们在未知的分离面前，笑得一脸天真。

我心目中最甜蜜酸楚的一句诗是，池塘水绿春微暖，记得玉真初见面。

最近我结束了一段长达两年的感情，过程并不曲折，于外人看来或许更像是悬疑剧，大概只有当事人才知道中间积压的不合和怨怼，就像冰箱里慢慢腐烂的食物，外观看似丰腴，咬下去一嘴烂泥。

一个月过去，还有很多合影在手机、电脑、相机以及收藏在饼干盒里的拍立得相纸里。那些他帮我拍的照片凝成时光书籍里的某个标签，提醒着我，曾经的我们那样努力地让彼此快乐过。

不再是爱情大过天的年纪，也厌倦了那些失恋就要死要活的电影。或许成熟苍老对人类最大的馈赠，就是年纪叠加，岁月沉积，逐渐明白了自己真正想要的是什么。

所以分手，截断未来一切的可能。抹杀共同走过的所有路途，也并非是那么困难的事情。只是，我还是会不可抑制地想起，初次见面的场景。

那时 L 先生坐在我对面，偶尔会为同事带早餐，是他家附近声名远播的"排队豆皮"。他住得远，到得却很早。手上总有一杯星巴克，逢人总客气地说谢谢。无论是老板、服务员还是停车场的收费员。

还记得另一个同事乔迁新居，邀请我们去做客。L 先生随意地说，我们顺路，要不我载你。约在六点，天已经黑了大半。车子堵在高架上，我看见挡风玻璃上前方的乌云，整个城市犹如陷落。小声担忧，没带伞呢。他轻轻地答，我车上有两把。

我忍不住侧过头去，他睫毛又长又卷，差点就抵在镜片上。只一眼就挪开，老老实实地把目光向路面延伸。我把手机连上车载蓝牙，跳出来就是王菲那首《乘客》：坐你开的车，听你听的歌。

高架倒退，乌云扩散，那天最后一道光束仿佛上天的暗示，在我们开往的路面毫不吝啬地铺散开。

我想，我大概永远不会忘记那天满心犹如被豆腐脑层层覆盖过的温柔。

有时候会想，一直留在那座高架，把时钟往后拨，拨到我们开始之前，就卡在最初目光碰擦的那一刻，会有多么幸运。眼泪还没登场，伤痕也尚未开启。

而我们在未知的分离面前，笑得一脸天真。

▼

总不能让我一个人陷在回忆里，为此我邀请了几个朋友来参与这个话题。

【你是否还记得与 TA 的初次见面，现在的你们又有什么结局？】

@Vivi 小尾巴

很帅，格纹衬衫，笑起来有虎牙。他跟我说的第一句话是，班长，厕所在哪？当时我第一反应竟然是，这么好看的男生也会要去厕所。

后来我们在一起，我才发现这么帅的男生也会逃课、被记过、劈腿……

多年没见，他的面容已经模糊，但我再看见格纹衬衫总是忍不住要拿过来在自己身上比一比，脑海里就会浮现那个年少轻狂的时光。真酸啊！

@SKY119

一脸的青春痘，眉毛却很浓，眼睛有点大，跟我对视会脸红……他是闺蜜的弟弟，一晚上我们都在吃吃喝喝，在抢麦克风，只有他在跑腿。那时我心情不好，暗恋的男生公开了女友。我去厕所吐了，他递给我一杯红糖茶……

哈哈哈，他以为我生理期……现在想想，真是暖啊。

可惜，我不喜欢他。虽然因为寂寞在一起，最后还是伤害了。对不起，是我不该招惹你。

@路人甲

开跑车，用名牌。第一眼觉得很浮夸，但他摘下墨镜对我露出一个礼貌而灿烂的微笑，才突然觉得原来这个世界上有种人叫作上帝的宠儿。

我们分分合合好几年，每次间隔几个月或者一年再见，他还是第一眼的模样，丝毫不曾改变。

真羡慕啊，可是我们之间的关系却不能回到最初，只能说祝你幸福。

@MOMO

第一眼无感，第二眼无感，第三眼依然……忘记第几眼才有感觉，好像有同事背后说我坏话，他语气有点重地警告她们，东西可以乱吃，话不可以乱说。被我听见了，他居然不太好意思地侧过了脸。

也是在那一刻，窥见了他眼底的保护。

现在，我们在一起第三年又两个月。他依然保护着我，还有我们的宝宝。

@jiamin2012

他坐在 KTV 里，大家都很闹腾，唯独他静静坐在角落凝视着大屏幕。头上戴着米色的沿边帽，身上穿着黑色大风衣。回过头来的时候，我就不小心把杯子碰倒了。饮料洒了一地，他递给我两张纸巾。

我没有表白，因为他有女友。去年他妈妈遭逢交通意外，弥留之际想看着他完婚。于是他们仓促领证。今年夏天，他们离婚。我看着他满脸胡楂，想给个拥抱，却没有立场。

@朵朵

寒冷的夜风中，他喂一条瑟瑟发抖的流浪狗。我拎着同样给狗狗带的骨头，默默看了他们很久。他温柔地揉狗狗的脑袋，还小声地跟它说话。他抬起头问我，你也认识大黄啊？我完全状况外地点点头。居然一句话都没有说，直到他背影消失。

我也不知道为什么会想起这个陌生人，但真的很想再见一面。我一定会勇敢地跟他要电话！

@李思煌

她头发很长，衣服很白。晚自习停电后，她装女鬼所向披靡。

圣诞节我说送她一条围巾，她开心地去学校附近的精品店选了最便宜的一条。我至今都记得她试戴时，对着镜子欢欢喜喜的表情。

毕业后我发展得不错，也换过几个女朋友，但无论我给她们买名牌包包，还是新款手机，都不能在她们脸上看见那种纯粹的开心。

有点想她，也能找到联系方式，可是不打扰是我的温柔。

@JUNE

他骑着摩托车带我串街走巷找一包滚烫的糖炒板栗。他也曾午夜十二点，超速驶过地下通道，声嘶力竭地喊我爱你。

那时我们十六七岁，吃同一碗牛肉粉，喝同一罐可乐。

后来我们二十六七岁，分房，分床，分居，分离。

@ 绰绰

进公司，他是我的顶头上司。平时对我的要求很苛刻，有次差点直接骂哭我。可老板要求我跟他一起应酬，他一直帮我挡酒，自己却喝得狂吐不止，满眼通红。我中途小声跟他说，其实我也能喝一点点……结果他严肃地说，闭嘴！

当时就被他的霸道吸引了。后来，我干了很多傻事。比如故意喝酒，故意跟别的男生玩得很晚，故意跟他唱反调……终于把他作走了。

早知道我就选择不开始，就这样一直停留在最初，我爱他醉后躺在车后排，头不小心靠在我肩上的那种怦然。

@ 叶子

隔壁办公室的同事，偶尔一起叫个外卖。有次我打车上班，下了车才发现重要的文件袋落在出租车上，一路追着狂奔……这时他骑着电动车出现，赶紧载上我，追了两条街。

大学毕业以后，再也没有什么人骑车带我。我后来才想起好像不自觉地把手放在了他腰间。

然后他追我，吃了两次饭后，我选择了另一个开宝马的男人。

我承认自己现实，也承认会想起他。

@Simon

最初已经久远，只记得最后一次见面。我问她要是还愿意嫁给我，现在就回家偷户口本领证。然而她红着眼睛说，不想让我为难。（我全家都反对我们的婚事，理由很庸俗，反抗很艰难。）我记得她仰起头强忍眼泪的嘴角，也记得眼泪夺眶而出的全盘崩溃。

现在，我们再也没联络，没见面，只是彼此生日时，永远会在那个地址收到彼此寄的满天星。满天星，我固执地坚信花语是，我心里有你。

人生若只如初见，那么就不会有后面连串的伤害、痛苦、争吵，别离。

也不会有，那些彼此的陪伴，丰盈的快乐，还有共同抵御生活时的无所畏惧。

我会想念最初的你，也会原谅后来的你。

我会铭记当年的你，也会抹去结局的你。

若分离，就让我们只把那些美好当谢幕。

若后悔，就让我离开，将你的手交给下一个所爱。

若情绪翻涌起来，就用眼泪再一次祭奠曾相爱。

谁说始于床笫之欢的爱情都不得善终

与有情人做快乐事，不问是劫还是缘。

01

腮腮嫁给了在酒吧邂逅的男人。

在此之前，她对对方的年龄、工作、家世，甚至婚否都一无所知。唯一让她决定借着酒意跟着对方去酒店的理由只是，他头发还没干，透着一股海洋般清爽的味道。

一晌贪欢，窗外的露水还没散，腮腮就起身走了。

微信里好友倒是保留下来，却没有太多的交流，连点赞都没有。直到有天腮腮发现她手机里有人发了条朋友圈，配图是一份水煮鱼，说觉得不错，就是一个人吃饭显得冷清。

她立刻四下搜寻，果然看见相邻的第三桌他一个人坐着，边玩手机边吐鱼刺。于是直接端着碗走过去，Hey，拼个桌呗。

他们没约过几次会，或者其实都不像约会。打过一次台球，喝过两次咖啡，所有交谈都围绕着国际新闻、吐槽各自老板，以及去哪里吃饭。

一起参加过几次朋友聚会，大家都知道他们的关系，两个人也都没隐晦过。一说酒吧认识的，成年人都懂。就跟丽江认识的异性都是艳遇，在摇一摇上遇见的都是饥渴一样，约定俗成。

可是谁能知道，在腮腮人生中最无助的晚上，分手三年依然放不下的前任结婚了，爸妈五十二岁这年离婚了，工作没了，她还完信用卡身上还有不到六百块。

突然就想结婚了。

于是她逐一发微信给身边符合条件的异性，里面有些许暧昧的男同事，也有明目张胆展开了追求的备胎，当然也包括酒吧男。

她统一群发，咱们结婚吧，明天去领证。

有回复说，你逗我呢？大半夜玩啥真心话大冒险呢。也有回复，你说真的？可我在外地出差呢，等我回来再说。当然还有回复，惊吓表情、呵呵表情、微笑表情，以及逃之夭夭表情。

怀疑、试探、回避、逗乐……各种五花八门的答案，腮腮看着看着，都要笑出声来。直到，酒吧男的回复跳出来，他说好啊，

明天上午九点 ×× 民政局。

她以为他开玩笑的，没有回复，但第二天带上户口本如约而至。

对方果然已经到了，冲她一笑，走啊。

拿完证两人手牵手去买了一口平底锅，腮腮爱吃牛排，他喜欢煎蛋。一切都刚好。

02

晚上，她在朋友圈晒出红本本。立刻炸了锅。

假的吧？你疯啦。和谁啊？你特么耍我，不是要你等我回来。开玩笑吧，我心脏受不了。迟早得离。

腮腮一时间成为笑谈，朋友在群里说，你们看见没，他俩真去领证了。真是空虚喜逢寂寞冷，真拿婚姻当儿戏。

腮腮妈妈大半夜红着眼睛来敲门，大声质问，你是不是要气死我。

腮腮很淡定，你们离婚时也没问过我。当时你们说离婚是两个人的事，怎么现在结婚就成了一群人的事呢。腮妈气急败坏，结婚是一辈子的事情，你为什么不想清楚，为什么要这么草率，他是什么人，你清楚吗？万一他杀过人放过火，你不是毁掉自己一辈子。

腮腮还来不及说话，酒吧男已经笑了。阿姨坐下喝杯橙汁吧，我刚鲜榨的，很甜。

腮腮安抚了妈妈好一会，开始细数，约会七次，沟通顺畅，他单身，从第一眼就喜欢，所以才去了酒店。床上也和谐，没刻意联络也能撞见，这是缘分。也许这两个很虚弱，但世界上所有关于感情的一切，不都缥缈。

我想结婚，他也是，我们觉得可以跟彼此过下去。我们喜欢对方，我们能够对自己的行为和决定负责。我们都是懂得游戏规则的成年人。结婚，有何不可。

腮妈平静了很多，但还是嗫嚅出一句，你们这种关系，长久不了，迟早要散。

腮腮轻轻一笑，什么关系？炮友？谁说炮友不能终成眷属。腮妈彻底语塞，好好，你们的事情我管不了。

但之后的日子也没想象中那么顺，腮腮一旦出差，发个飞机晚点的朋友圈，都有人回，在酒吧看见一个男人好像你老公。腮腮偶尔因生活烦闷，吐槽疲累不堪，就有人回，现在知道累了，夜店的男人看再紧都没用。她终于不胜其烦，在朋友圈里一一反驳，谁规定了爱情开始的地方就应该在明亮的咖啡馆、甲方乙方讨价还价的职场、天朗气清的公园，或者某个慵懒阳光午后的池塘边上。爱情可以在任何时候、任何地方发生，酒吧再暧昧，一夜情再欠妥，又怎样，总比嫁给对方的家世、资源、别墅、跑车、人民币，来得真实。

可是没用。声明发得越响亮，评论就越想要打主人的脸。

03

两个月后，正是电商购物节，腮腮买了很多东西，一晒单，朋友就回，你可悠着点，别把老公吓跑了。三个月后，腮腮奶奶病重，需要一大笔钱。大家又猜，这下两人得掰。结果酒吧男拿出了所有积蓄。一年后，腮腮怀孕了。酒吧男把农村妈妈接了过来，自然会有些婆媳矛盾，听见风吹草动的朋友们又竞猜起来，两个人究竟什么时候会离。

现在三年过去了，酒吧男的饭越做越好。腮腮升职两次，还是那副烟视媚行的样子。

腮腮对我说，你知道吗，我俩比当初谢娜和张杰刚结婚时那会被黑得更惨，三天两头就被离婚。我们秀恩爱，他们就说死得快。我们吐槽下对方，他们就说你看，这就是当初太草率。

其实，后面的这一切生活，好的坏的，究竟跟最初相识的方式、场所有什么关系。

只要当事人都是理智的，并且能够为自己所作所为负责，还需要如何对第三个人交代。

我说，你们过得好，就是最好的回复。

何况什么才算是真正靠谱的婚姻呢，看过对方工资条，清算过对方家庭的资产，交换过彼此所有的情感？还是像我们看过那些长长的帖子，你们一定要一起做过这四十三件事情，才能谈及婚姻。没错，婚姻很神圣，但并不是神话。至少，他们都没有后悔，相反，越来越习惯对方，越来越默契地去抵抗婚姻和生活里的一切琐碎。

04

不知道从什么时候开始，总有人给爱情和婚姻，设下一些门槛。从谈恋爱开始就要找门当户对的，要先了解对方的收入家世背景；要尝试同居看看合不合适，要各种考验；甚至要规定在交往多久才能牵手、接吻、上床。

任何违背这种发展态势的感情，都被视为大逆不道，都被诅咒不得善终。

什么？你们第一次见面就接吻？什么？你们认识不到一周就上床？什么？你们认识不到半年就要结婚？

　　爱情从不需要循序渐进。清楚自己想要的是什么，比一切规则都重要。我们总是在爱情里不停寻找安全感，寻找承诺的守护方式，寻找婚姻里各个方面都契合的那个人。试探他的诚意，打听他的收入，跟他要并不高明的套路，企图用虚伪交换真实，用功利衡量爱情。

　　曾经在豆瓣上看过一个帖子，当时豆邮约炮很是盛行，有个十九岁的姑娘在关注一个男生长达半年后，鼓起勇气约了起来。她写下两人之间的每个细节，整个屏幕都满溢着爱慕。爱他的颜，爱他的谈吐，爱他的体贴，爱他点的外卖，爱他坐在窗台上唱的歌。

　　后来，他们没有在一起。但姑娘说，这在她心目中就是一次刻骨铭心的恋爱了。当时很多人感动，很多人骂傻。一开始姑娘说，写下来就是为了他能看见，因为嘴上从没表白，觉得这种开场方式不会有结果，于是就好好地陪他玩一场游戏。

　　时隔五年，我有幸看见了帖子的后续。男主角出现了。他说谢谢大家的关心，我们已经结婚了。

05

　　这世界上有六十多亿人口，相识方式有亿亿万万种。又有哪种是最靠谱的开始，又有哪种开始能注定结局的悲喜。

腮腮后来笑着说，你以为那天在酒吧，只要是个男人上来搭讪，我就会点头吗？你以为当时真的任何人说，走，我们去民政局，我就会答应吗？怎么会。我又不是滥交女，我在酒吧的落地窗外就被他吸引。也许是一见钟情，那一刻，我对他有了感情。

而豆瓣上的姑娘说，她明明喜欢上了男主却不敢表白，生怕吓走了他。毕竟从约约约开始，也约定了不给彼此造成负担。谁能想到，多年后男主的留言意味深长，他说，别再因为开始时动机不纯，而忽略爱情的真面目。他明明已经动了心。

我还记得豆瓣姑娘描写他们第一次见面。她故意打扮得很成熟，站在昏黄的路边。远远看见他蹲在马路边抽烟，烟火明明灭灭，她觉得自己的心跳逐渐跟这闪烁的光芒合成了同一个频率。

还有最初的最初，她观察了男主的签名动态长达半年之久。她当时冷静而狡黠地说，如果一个人具备敏锐的观察力并且足够世俗，就一定能从对方的照片、定位，还有只言片语里，发现很多信息。比如，她判断对方是个家世不错但也有自己想法的富二代，比如他身边不缺女人，比如他还没有遇见真正爱的那一个。

她不确定自己是否能够得到想要的，但用了一个对方也许最能接受的方式建立联系。

最后，她终于圆满地得到想要的。

腮腮和豆瓣姑娘都很勇敢，不在于一开始的姿态奔放，而是走上前把握住了这惊鸿一瞥。当然，也很幸运。但后来我问，假如会付出伤痛和代价呢。腮腮反问我，又有哪一种尝试能保险？豆瓣姑娘自己也在帖子里说，假如自己没给对方发豆邮，也许他们只是错过了一个相识的机会。但对自己来说，则是一个遗憾。

浮生千重变，我们都在很多场景里遇见过第一面就入眼的人，可是太多的擦身而过。我们以为是矜持，习惯了错过，错过还安慰自己本就没结果。

然后，就真的没了然后。

只有关掉手机，他才会找你

> 破镜重圆，有人只盯着上面丑陋的裂痕，忍不住时不
> 时摸一摸，再次划伤手指。
> 但有的人相信，世上完美的事太少，我们不能什么都
> 想要。

读书的时候，班上有几对公开的情侣，其中最不被看好的就是雷恩跟胖卷。

即使他们从十六岁开始就长着相似的双眼皮，一个瘦得小清新，一个胖得很随意。雷恩稍稍一歪头就能靠住胖卷肩膀，走在一起，谈不上赏心悦目，但也没什么瑕疵。

他们刚在一起的那个深冬，一向畏寒的雷恩把双手放在冰冷的水龙头下面冲了足足十来分钟，才哆哆嗦嗦地走出来，恶作剧地冰了一下我的脸，然后被我受惊的模样逗得酒窝乱颤。

我问她干吗自虐，她却一脸娇羞地说，要给胖卷创造帮她暖手的机会。

班里每个人都做过他们的信使，哪怕班主任的课也阻止不了他们"飞鸽传书"。要是没忍住偷偷打开一看，立刻就会被那些滚烫的字句灼得面红耳赤。

放了晚自习，雷恩就会趁乱跳到胖卷背上，旁若无人地离去。

除了恋爱秀得有些扎眼，倒也还没犯众怒。

直到三个月后的一场大扫除，胖卷接住了"从天而降"的宣传委员兼班花。那个场景历历在目，比3D版的X战警还要震撼人心。

没多久，胖卷就众望所归地劈腿了。

那时我们几个私下里都很套路地劝雷恩，这种渣男有多远让他滚多远，你值得更好的人。

可雷恩只抿着嘴，眼泪无声地落下来，她咬紧嘴唇一个字都不肯说。

不到两个月，他们又奇迹般地和好了。

没人知道发生了什么，但私下里说得最多的就是，雷恩啊，真没骨气。

有些感情一旦暴露在日光下，裂痕也会随之清晰，大家都看在眼里，哪怕他们再恩爱如初，也不过是侥幸重圆的"破镜"。

毕业以后，据说他们各奔东西。这也是再常见不过的结局，初恋么，不就是用来练手。

可是大学聚会，他俩再度牵手出席，相爱如常，好像从未发生过那些插曲。

聊天时我们才发现高中时那几对被看好的情侣，曾经紧追不放的，现在爱搭不理，过去高贵冷艳的，现在只剩跪舔。爱情似乎变成一场博弈，或者是能量守恒定律，敌进我退，此消彼长，从未增多，也不曾减少。

我们讨论的不再是有多爱，而是能不能掐得住，除了要他爱，更要他"怕"。

而全程忙着切水果递纸巾，最后还要负责扶着醉醺醺的麦霸男友回家的雷恩，就理所当然成为大家同情的对象。刚好应了那句，爱得越深的人越卑微，跟后来流行的"你一认真，就输了"有异曲同工之妙。

至今我也不明白，为什么越认真，越会输。为什么越深刻，越卑微。

两年后，雷恩突然找我借钱，还是为了胖卷。

他把一个学妹的肚子弄大了，需要钱解决。

就连地方台的都市夜话都嫌狗血的剧情，却正儿八经地发生在雷恩身上。

她跟我说，他吓坏了，没人能帮他，除了她。

我避之唯恐不及地摆摆手，你俩的事，我不想再听。说完把钱往她卡上一汇，再无联络。

那年我也只有二十一岁，认为女生就应该活得硬气，坚守原则和底线，自尊心永远凌驾于爱情之上，摒弃一切形式的纠缠、讨好和挽留。

后来叙旧群里再有人提起雷恩，也只剩下"犯贱"两字，我才知道那些年她借过的钱，不止我这一笔。

雷恩再联系我时，说想要拜托我介绍一份工作，犹豫着又加上一句，她跟胖卷这次真完了。

于是我去咖啡馆见她，她瘦得更厉害了。我才知道她爸妈刚办了离婚手续，胖卷去了广州，剩下她照顾因伤心过度病倒的母亲。她说，我需要兼职，越多越好。至于胖卷，只是再一次失望而已，我习惯了。大概只有关上手机，彻底消失，他才会想起我。

她强忍眼泪的样子一下子就触痛了我，莫名想起那首诗，池塘水绿风微暖，记得玉真初见面。

我忘不掉甫入高中初见雷恩，她蓄乖巧的短发，脸颊那颗"杨丞琳"痣调皮可爱，不说话的时候脸上带着笑意，抿嘴的表情清新得就像邻家水仙。

那时候她还没爱上胖卷，有关系好又八卦的女同学说要给她"介绍"，对象是大我们一届的学长，肤白貌美腿长不gay，据说眼高于顶，却对雷恩一见钟情。

雷恩拒绝的理由居然是对方不接地气。后来，她跟胖卷分分合合，起初我耐心倾听劝解，后来实在压抑不住内心鄙夷，对她说过最重的话，大概是，自甘堕落。

在我心里，雷恩的爱情是当之无愧的反面教材。那时我想，她终会长大，等到有一天她回头去看从前的每一步，会悔不当初，会提醒自己永远不要犯同一个错误。

那次一别，就是六年。我没有她的微信，老同学也逐渐遗忘她们的爱情。

这些年，发生很多事。王菲跟谢霆锋旧情复燃，恩爱更胜以往。有人笑骂李亚鹏和张柏芝的炮灰人生，也有人狂赞真性情终获真爱。

还记得另一个帖子，某国家运动员伤重无奈退役，决意迎娶苦追他多年的小师妹为妻，婚纱照明明美满无瑕，评论却是哗啦啦地同情，几乎每个人都在惋惜，"这种跌进谷底才想起你的男人一文不值"，"有朝一日他东山再起，第一个抛弃的恐怕就是你"。

前几天，我在空间访客里意外看见雷恩，顺手点进去居然不只看见婚宴相册，还有他们夫妻中间那个已年满五岁的小女孩。

我还没来得及消化，微信群就炸了锅。她的照片被狠狠刷屏，尽管多年不见，雷恩的笑容依然甜美如初。

有好事的同学把她拖进了群，大家七嘴八舌问她是不是重蹈覆辙，又问她婚后胖卷有没有变老实。

她却一言不发地退群，唯独加了我的微信。我说恭喜，她说现在很知足。

六年前，她最绝望时，胖卷回来跟她求婚。

他生意黄了，一贫如洗。她却说，回来就好。

现在他们共同经营一间幼教会所，胖卷帮她照顾母亲。所有听说他们十六岁就相识的人，全当是天作之合。

我还是忍不住问她，究竟怎么做到的原谅，这么多次反反复复的背叛和离弃。

雷恩缓慢打出那行字，我盯着"对方正在输入"很久，才终于等到："因为你们不是我，他对你们是八卦谈资，是人渣，是背叛狗，是软饭男，但于我，却是这辈子最重要的人。"

破镜重圆，有人只盯着上面丑陋的裂痕，忍不住时不时摸一摸，再次划伤手指。

但有的人相信，世上完美的事太少，我们不能什么都想要。

雷恩从不翻旧账，更不曾站在被伤害、被怠慢的"受害者"角度指责或是戳痛他的无耻和无情，爱情不是博弈，不是此消彼长，也不能能量守恒定律，即使如今的胖卷悔不当初，流泪忏悔，她也只会记得最开始相爱的纯粹，那么中间所有的曲折、委屈、卑微，就让忘字心头绕，前尘尽勾销。

花钱，是爱一个人最直接的方式

网上流行过这么一句话，

"无论来日我们如何生疏，用一个红包就能回到最初。"

乍听之下，俗不可耐。

也是，总有人认为任何感情一旦沾上金钱，就立刻变

质，腐烂，不堪一击。

可我想说，爱情和面包从来就是绑在一起的。

花钱，是爱一个人最直接的方式。

01

上个周末气温回升，我和大黄打算在游乐场重温高中情怀。

谁料到武汉这么小，在海盗船排队时碰到了另一个高中同学，

姜姜。

她正和一个男人十字相扣有说有笑，余光刚一掠过我们，立刻拉着男人转身就走。我本不想多事，可大黄不依不饶地追了上去，故意抬高音量喊了一声："姜姜，这么巧，怎么不见你老公？"

男人顿时触电般松开了姜姜的手，说了句那我先走，就过街老鼠一样逃离了现场，只剩下大黄和姜姜怒目相向，我尴尬地站在旁边，好一会都不知道怎么打破这个僵局。

大黄、姜姜还有我，原本是高中同班同学，那时流行三人并排的座位格局，我坐最右，大黄居中，姜姜则在过道左侧。平时我们都是作业、笔记互相抄抄，谁有好吃的更是不分彼此。

是从高二下学期起，她俩关系日趋亲密。

大黄喜欢上班上一个狮子座男生，就叫他小狮。

小狮眉眼乌黑，白 T 恤胜雪。他正好坐在最左靠墙的位置，跟大黄之间刚好隔着一条过道和姜姜。理所当然地，姜姜就成为他们之间的"信使"。

大黄胆小内向，只要小狮那边有任何风吹草动，她就会忍不住心跳加速，两颊潮红，头埋得比鸵鸟还低。姜姜刚好相反，她明朗大方，处事不惊，有次小狮正要扔纸条过来，结果老师猝不及防地一回头，纸条正好稳稳落在姜姜面前，老师当然也不是瞎的，当即厉声问她干吗呢？

大黄吓得小脸煞白，唯恐姜姜交出纸条，老师要是看见上面的字句，哎呀呀，后果简直不堪设想。

结果姜姜云淡风轻地回了一句："哦，早上没吃干净的面包屑而已。"说着，她淡定地捻起那团被揉皱的小纸条，面不改色地扔进嘴里，嚼了两下喝口水咽了下去。

老师拖着老花镜盯了她半晌，倒也没再追究。

下课后大黄拉着姜姜的手，感激得泪花直冒。小狮也说自己当时捏了一把汗，生怕要被请家长，还好，姜姜够机敏。

从那以后，大黄不管去哪都带着姜姜，连约会也不例外。

再后来，大黄高中毕业去了国外，跟小狮约好四年后再见。结果她提前一年回国，却发现来接机的姜姜正和小狮手牵手。

她当时就决心跟姜姜绝交，在大巴上她哭着质问我，为什么不早点在 MSN 上跟她说。我反问，早在毕业前我就提醒过你，不是吗？

她沉默了许久才止住了眼泪，问我为什么一早就能看出小狮对姜姜动了心。

02

其实答案挺简单，俗不可耐的我发现了一个小细节。

从姜姜吞纸条那天开始，原本每早只给大黄带一份早餐的小狮，开始多买了一份给姜姜。

大黄不吃牛肉，每天一份素粉或者糯米包油条，就算再加一份豆浆，也不会超过三块钱。而姜姜无肉不欢，她总说素粉素面什么的吃起来没感觉，好像吃了个假早餐。于是小狮每次都咬牙给她买牛肉或者牛杂面，有时还加干子和鸡蛋。当时的物价也要七八块。

小狮家境不错，生活费高出我们两三倍，即便如此，早上消费三份早餐以后，到了晚自习还是会常常断粮。大黄心疼他，总假装说自己吃不完整份鸡柳，硬要分一半给他。

那时我就说过，小狮对姜姜比你还舍得，你真不吃醋？

这话半是玩笑，半是提醒，结果落在当时的大黄耳里倒成了挑拨。她说那都是应该的，小狮既然喜欢自己，也该对姜姜好，毕竟是她掩护了他们的爱情！

这话也没错。那以后，我就闭嘴了。

可大黄出国没多久，小狮就和姜姜在一起了。他们也没打算瞒着大黄，于是一起来接机，当时小狮挨了大黄一个巴掌，他说，你要不解气，怎么揍我都行，但你别记恨姜姜。也许你不知道吧，那次她为了掩护你吞下纸条以后，就得了肠胃炎。她说是感冒请假，只是为了不让你担心。

大黄当即泪奔，问他什么时候的事情？他竟也老实回答，也许就从是姜姜毫不犹豫地吞下那张纸条开始的。

朋友自然没得做，大黄恨不得拉黑全世界。当然也退出了班级群。唯一有联系的只剩下我。

也是从我这里，大黄知道了姜姜和小狮结婚的消息。

他们摆酒的前一天，大黄回了英国。她托我转赠了红包，还带句祝福。我确信，大黄是真心祝福他们婚姻长久。

可谁知道，他们结婚不到两年就闹得不可开交。姜姜把满腹委屈和牢骚都发泄在微博小号上。

大黄和我也就看看不说话，可这次姜姜居然背着小狮跟别的男人约会，被我们逮个正着。

♡
03

"为什么啊？"还是大黄忍不住打破僵局。

彼时我们已经从游乐场来到咖啡厅，周围很嘈杂，只有我们三个女生这边气压低得让人压抑。

"既然都被你们看见了，我也懒得再掩饰。"姜姜放下杯子，面不改色地说，"刚刚那个男人是我男朋友，我们已经好了快半年。"

"呵呵，"大黄干笑两声，"他是你男朋友，那小狮是你什么？姜姜，你还记得当时你跟我说，自己是真的喜欢他，非他不嫁吗？"

其实我能理解大黄的愤怒，但还是忍不住轻轻扯了下她的胳膊，毕竟，就算姜姜出轨，唯一对不起的人，也只有小狮而已。

还好姜姜也清楚大黄的性格，没跟她起冲突，反而静静地盯了一会面前的咖啡："大黄，虽然我们绝交过，但现在还能在这一起坐坐。你知道小狮有多久没陪我来咖啡馆了吗？你知道小狮多少次跟我约会时，接了个电话就要走吗？你知道，在结婚的两年时间里，他送我的花比陪我吃的饭还要多吗？"

姜姜眼底似有泪光，她定定看着大黄涨红的脸："你说，他还爱我吗？"

04

大黄沉默了。她和我都知道陪伴，对于一个女生来说有多么重要。

尤其是我们都曾信奉着一句话："有些爱情就像降落伞，你当时不在，以后也不必在了。"

对于恋人的缺席，我们永远同仇敌忾，深恶痛绝。

姜姜看着她沉默的样子苦涩地笑了，说打算离婚。刚刚的男友也提出好几次，还说只要她一离，就立刻娶她。连后路都找好了，看来这段婚姻的确走不下去了。

姜姜问她："大黄，要是我跟小狮离婚了，你会再回去找他吗？"

大黄却答非所问："姜姜，你的手链真好看，是男友送的吗？"

姜姜摇了摇头，顺手取下来给大黄看："小狮买的，说让我随便戴着玩玩。"

　　大黄一边在自己手腕上比，一边突如其来地问了句："你现在工资不低吧，应该有两万月薪？"

　　姜姜显然被这个数字吓了一跳，连忙说："怎么可能，我又不是名牌大学毕业的博士后，一个月撑死也就五千多点。"

　　"是么，"大黄好像不信似的，一件件数起来，"你这条手链是限量款，大约三万四。你身上穿的羊绒大衣是全智贤同款，一万六。戒指大概两克拉，挺低调的，但这个牌子也要至少八万。"大黄目光越发犀利，"钱包是LV的，你刚跟我抢着买单时，我瞟了一眼，好几张信用黑卡。姜姜，你有没有想过自己为什么可以在不到三十岁的年纪，就能随意地穿上一身上下价值十几万的行头去一个小而破的游乐场玩。"

　　姜姜听得瞠目结舌，只生生挤出一句："留过学的注册会计师就是不一样，连眼光都跟条码仪似的，看一眼就知道价格。不过你又想证明什么呢，我承认这些东西都是小狮买的，可我是他老婆，他给我花钱天经地义。何况，我要的根本不是这些，而是……"

　　"而是什么？风花雪月，情话大全？"大黄打断了她，"你只知道小狮家境好，但你知道他现在经营的创业公司刚刚拿到A股融资意味着什么吗？你只知道怪他很少陪你，又有没有关心过，他连续工作二十四个小时的时候喝了多少杯黑咖啡？"

　　姜姜忽然抬起头望着她，大黄摇摇头："你不用看我，我跟小狮之间没有任何联系，也没有工作往来。但我有朋友就在小狮的公司上班，他形容的是，老板简直就是一个行走的 working machine。连大年三十都要先开完会才能回家吃年饭的拼命三郎。"

"那他怎么不去跟工作结婚过日子？"姜姜忍不住咆哮起来，引得隔壁纷纷侧目。我忍不住提醒她小声些，她反而更激动："也许在你们眼里，礼物、奢侈品，就能代替爱情，但我不行。即便穿着一万多的羊绒大衣，我还是觉得冷，远远比不上一个怀抱温暖。"

她甚至赌气说："大黄，可能还是你跟小狮更配，你追求奢侈品，他可以满足你，你可以独自逛街吃饭旅行，他可以跟文件咖啡为伴，但我不行，我要的是爱。"

05

"哦，一个连两百块钱游乐场充值卡都拿着你钱包买单的男人，你觉得他对你才是真爱。"

大黄疲惫地摆摆手，"那你赶紧回家离婚吧。等你过上每天倒贴男人的日子，你每天拼命努力，他只懂给你暖脚，你父母生病他一分存款掏不出来，只会哭着说对不起。你生了孩子有艺术天分，他的工资却不够交孩子半个月的学费。你被老板刁难，一怒之下想辞职，他哄着劝你千万别，还是咬咬牙坚持一下，毕竟为了生活和生存，受点委屈不算个事。"

大黄继续说："姜姜，据我所知，你毕业到现在一直在做文案的活，工资也仅仅是随着多年的物价涨了那么一千多而已。你微博上写随心所欲地跳槽好几次，同事都羡慕你真性情。你有没有想过，究竟是谁给了你这样任性的底气？"

"是甜言蜜语缠绵悱恻的爱情，还是小狮千万个加班夜里拼了命的努力？"大黄问她，"你真的以为，他努力地创造优越生活给你是天经地义，理所当然？"

"不过是因为他爱你，才拼命撑起了原本压在你身上的社会压力。让你得以更轻松地享受生活，甚至有闲情雅致和另一个男人来这里找回童趣。"

"可你难道不明白，童趣不是来游乐场玩个空中转椅，而是始终保持一颗单纯无垢的心。"大黄动情地说，"你之所以还有这份情怀，是小狮无数缺席换来的。你以为他就愿意跟工作为伍，常年与电脑相对，他如果不爱你，何必费尽心思花钱补偿他缺席后你的空虚。"

姜姜从开始的反驳到沉默，甚至流泪。大黄又叫了一杯咖啡，大概觉得自己说得太多了。这时姜姜手机响起来，不用猜也知道是刚才那个男人。他先是跟姜姜腻歪了几句，然后说让她去某某地方，额外叮嘱了一句，记得多带现金。

听筒声音太大，我们听得一清二楚。可姜姜却没应声就挂断了。她起身说，今天的事，你们能帮我保密吗？

虽然她问的是你们，却是完全对着大黄说的。我懂她的意思，大黄自然也明白，她点了点头，便再无话。

姜姜走后，大黄坐到我旁边，疲惫地靠在我肩膀。姜姜跟小狮能和好吗？

我说你希望呢。大黄说，我希望小狮永远都不知道今天的事。

06

跟大黄告别后，我莫名想起一场久远的暗恋。

也是在高中，那时我还没转到大黄和姜姜的班级，我喜欢上一个平时关系不错的男生，有次我们一起去上培优课，回来时只有我们顺路，一路本来无话，我有些紧张，他也是腼腆的人。直到我们经过一个卖金鱼的摊，我忍不住停下来蹲着看了看，他就问，你喜欢啊，我送你。

但他没带够钱，我连忙说不必了，可他还是执意跑步回家拿了钱，又返回来。最后我带着三条金鱼回家。

后来的记忆模糊不清，但长大以后想起，总能笃定地相信他当时也一定是喜欢我的这件事情。

大多数人无法抗拒金钱的诱惑，无论他把钱给谁花，这个人对他都是非常重要，且意义非凡。花钱的背后，意味着珍视、心疼和付出。

你在我眼中珍贵，所以我愿意用更好的生活浇灌你。

我心疼你的冷热，所以冬天寻觅保暖神器，夏天去山里避暑。

我在意你的付出，所以懂得珍惜，总想用千百倍还给你。

让你拥有可以对不喜欢的一切，说不的权利。

♡ 07

花钱，当然不是爱一个人唯一的方式。

也并不是，穷，就失去了爱一个人的权利。

而是你真正爱一个人就会忍不住地想要努力，他若富甲一方，你努力提升自己，在他送你豪车时，也能回赠一枚低调名表。他若尚在事业瓶颈，你也能支撑起两个人的口粮。

爱一个人，就是忍不住想要为他花钱。雪中送炭也好，锦上添花也好。你总会一直努力，想要给予，而不是放纵自己的贪心。

你有诗和远方，

我有排骨和汤

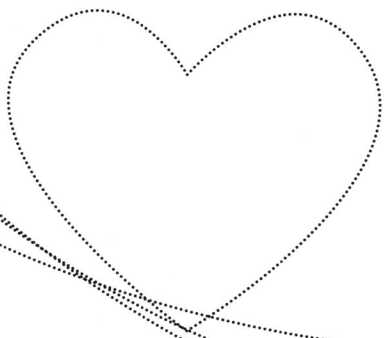

- 你以为我懂事了，其实我只是放弃你了

你这么炫酷，不如一个人生活

生活已经如此艰难，就别再让爱的人为难。

01

Vivi 跟教主相亲那天我们都去了，每个人都是他们一见钟情的见证者。连一向挑剔的 33 都忍不住感慨，这俩绝配。

二十三岁的 Vivi 知书达理，美貌气质均属上层。二十六岁的教主从事地产行业，前途光明，处事稳重。教主给了 Vivi 温厚踏实的安全感，Vivi 则恰好满足了他大男人的保护欲，两人当场一拍即合，吃完饭在 KTV 唱了首情歌就情不自禁地吻在一起。

场面很有些《春娇与志明》里黄晓明跟 Brenda 那种甜得发腻的即视感，当然现实里我们要赏心悦目百倍。

后来也陆陆续续听说他们相处得不错，有闪婚的苗头。

可就在我们心疼即将送出的大红包时，群里突然爆出两人分手的消息。我连忙抽空看了眼，才发现 Vivi 昨晚甚至退群了。

我立刻给 Vivi 发消息，故作轻松地问，分个手而已，怎么连我们这群朋友都要绝交？

她很快回了个哭泣表情，然后说 Yan 姐，晚点你再把我加回去吧，其实我不想分手。我就是生气，做做姿态给教主看而已。

其实我跟 Vivi 不算很熟，至少不是交心的那种朋友。但不可否认，我挺喜欢她。漂亮又精致的小姑娘，人也聪明乖巧，应该很难有人对她反感。就算她提出这个要求，我也只当小姑娘撒娇。

我说拉你回去可以，但你得保证不再轻易退群。你们俩可以闹你们的，但最好不要拉着大家看戏。你们的事情私下解决最好。

Vivi 一下子激动起来，她说，我根本没闹，是教主根本不懂得我的用心良苦，我之所以这样都是为了他好。

我只好放下手上的事情，开始听 Vivi 完整倾诉他们究竟是如何一言不合就分了手。

02

原来 Vivi 生气的是，他们约好周末出游，谁知教主临时接到通知公司要组织户外拓展，而且为期两天。

Vivi 先是劝他请假，说这种所谓的拓展根本没啥意义，都是公司老板所谓提高员工团队精神而搞出来的弱智游戏。

教主说他都知道，但大 Boss 下命令了，每个员工必须参加。他说，你实在无聊就约闺蜜逛逛街，刷我的卡。

Vivi 只好说，那你要陪我发发微信，两天太漫长，我会想你的。教主说好。从周六清早出发开始就给 Vivi 发微信聊天，给她发车上教练跟他们做热身表演的小视频，满车人都笑得疯癫。Vivi 回一句，真脑残。

到了山顶，他们开始做各种项目什么的，教主的手机也被没收，直到晚上教主才谎称忘记给家里打电话，一拿到手机立刻就给 Vivi 打了过来。本想跟她吐槽说，今天真特么累！教练真特么变态！结果 Vivi 就质问，为什么一下午没开机，到底干啥呢，知不知道自己很担心之类的。

Vivi 伤心生气，教主手足无措，只好安慰她，自己挺好的，大家手机都关了，没办法这是规定。Vivi 好不容易平静下来，撒娇说没有教主陪，自己晚上都没胃口吃饭。教主想给她点个外卖，但训练又要开始了。

为了补偿 Vivi，教主夜里陪她聊了两个小时，凌晨一点才睡，第二天四点就集合做项目。直到下午五点，终于结束了一切。坐车下山途中，教主打开手机给 Vivi 发消息，说打算回家洗个澡就去陪她吃晚饭，要是赶不上晚饭，就吃夜宵。

结果，Vivi 在朋友圈看见了教主一个同事发的吐槽照片。内容正是当天的拓展。前面一系列的极限虐脂运动也就算了，结束前每个人必须通过"毕业墙"才让人发指。教练规定每个团队全员必须在一分钟内翻过一面将近三米高，且没有任何防护的土墙。大家只能采取肉垫人梯的叠罗汉战术。

教主身高一米八三，理所当然成了底层肉垫。某张照片上能清晰看见他肩上的鞋底印，还有他最后翻越而上时擦破的双手。

这下 Vivi 心疼坏了，给教主发微信大骂，这种脑残项目究竟是谁发明的，有把你们当人吗？这特么跟马戏团表演有啥区别！

教主当然也委屈，但只能安抚她，没事宝贝，我们团队还是最快完成的呢，教练惊讶得下巴都掉下来。

可 Vivi 还是心疼不已，连发三张照片过去，你看看这个墙分明就是危墙，女生都被人托着屁股往上爬，真是太污了。这种令人发指的项目你为什么不扯个理由请假，就说你胃疼或者心脏不舒服，不行吗。平时看你也挺机灵的，怎么这种时候就跟傻子一样，让你干吗就干吗。万一出啥事，你让我怎么办……

Vivi又气又急又伤心，教主却停下了打字的手，万千种无奈堵上心头。最后他回，行，你都是对的。下次，我肯定不去了。谁去谁傻逼。

Vivi仍不满意，你明天干脆请假吧，就跟公司说爬墙手都磨破了，肩也被人踩疼了。我也请假，好好陪你。

教主瞬间头就大了，连我们女同事来例假了都要往上冲，我一个大男人你让我怎么去请假，而且已经过去了，我累也受了，委屈也忍了，你还要一而再再而三地数落我，人在江湖身不由己你难道不懂？特么要不用挣这份工资，老子也想甩脸走人！别人不理解也就算了，你是我女友，还要这样为难我？

Vivi彻底傻了，也更生气，她说教主从来没试过这么凶。而且别人女同事不敢请假，愿意去受那个委屈是别人自己的事，有什么好比？Vivi还信誓旦旦跟我说，要是换了她，就是辞职也不去！

听到这，其实我已经忍住了八百次关掉对话框，屏蔽她的冲动。

我也看了照片，墙确实高，也确实有危险。教主被踩成人肉板凳也确实心塞。可越是这样，作为女友更应该好好安抚啊。但她一直打着心疼云云的旗号，不断地伤害教主的自尊。

后来 33 从教主那边也听说了他们分手的事，教主只用了四个字来形容 Vivi：不接地气。

03

印象里 Vivi 确实是个炫酷的姑娘，我完全相信，假如换了她，当时就会辞职甩脸走人，哪怕公司那边还压着十天工资。

但她自己的潇洒任性，绝不是用来爱教主的方式。

我还记得自己第一次跳槽，面试时对方说考虑我条件比较优秀，承诺试用两个月即可转正。当时我很开心，没忍住跟男友炫耀说要好好地干。结果快两个月时，当初承诺我的人事主管离职，新来的经理告诉我大家都是三个月转正，我也不能例外。沮丧当然有，男友听说这件事，冷笑着说，你们公司可真有意思，人事代表的是公司不是个人，即使她离职，承诺也应该生效。是啊，道理我们都懂，然而……

更让我难受的是，等到三个月，转正是没问题了，但原本承诺的薪水却被新人事压低了五百块。并不多，但心里憋屈。我又找男友倾诉，这次他说，你一定不要服软，必须跟人事经理撕！实在不行就走人，这种毫无诚信的公司，还二个鸡毛啊！

可我当时需要钱，也需要这份工作。即使少了五百块，待遇也高于行业平均水平。我权衡再三，决定咬牙留下来。当我告诉男友这个决定时，他用一种"你就是这么没底气，没原则"的态度藐视了我。

至今我仍记得当时那种无人理解的孤独。

♡
04

难道教主会不对这种脑残的拓展项目深恶痛绝，难道他又会乐意放弃难得的周末去挥洒汗水和热情？

而我又有多甘心无端多出一个月的试用，以及承诺好的约定被修改？

我很羡慕 Vivi 和前男友那种非黑即白的行为方式，可我知道我跟教主都没有炫酷的资本。

有很多时候，我们明明不愿意，却还是要妥协。但我认为这不算懦弱，相反，忍耐也是一种抵抗。也许有一天我们可以对任何不喜欢的工作 say no，但在此之前，我们所有的隐忍都需要被保护，哪怕不能被理解，至少作为亲密的人别再去戳破和羞辱。

就像我们公司有个上个月刚从分部调回来的姑娘，几乎每天中午她都要吐槽一遍公司的便当真难吃。

这是事实，我每次也是吃不到两口就觉得饱了，即使胃还空空如也，舌头却诚实地不肯下咽，只好默默倒掉。

公司像我这样挑食的同事不少，但每每奋力吃得干干净净，以填饱肚子为重的同事也很多。

这位姑娘每次起身去倒饭看见有同事吃得干干净净都会忍不住感慨，你居然吃完了，我一口都咽不下去！这饭太硬了，菜又太老。这个红烧肉，我吃一口都要吐！

好像全公司这么多人，只有她才拥有"味觉"这样的高配置感官。也只有她才真正吃过美味的食物，而我们这些能吃好几口的，都是原始森林来的土著民。

终于有一天，会计大姐被她吐槽得发毛了，拦住她说，你不喜欢，可以一口都不尝，直接扔掉，没人管你！但你再用那种"你们吃猪食都能吃得这么开心是怎么做到的"的目光看人，我见你一次就大嘴巴抽你一次！

后来公司不再给姑娘送饭了，不知道谁把她的事说给了大Boss听，就直接省下了这份被嫌弃的工作餐。

姑娘天天叫外卖，而我们的伙食因为换了厨师而逐渐好起来。

再后来姑娘因为被孤立而辞职，而我们学会了用宽容的心对待每一份盒饭。

生活已经如此艰难，有些事就不要拆穿了。

每个人都有他的难，你把放纵任性留给自己是一种特立独行的态度，把潇洒不羁强加于所爱的人，就是一种令人窒息的残忍。

要是炫酷的你既不是首富女儿，也嫁不进福布斯排行榜，不如就一个人生活。毕竟少给人添堵，也是一种炫酷的修行。

你有诗和远方，我有排骨和汤

说到底不过是因为内心惶恐，才用抨击别人的方式找
自我认同。

但千万个人有千万种人生，无非就是你有诗和远方，
我有排骨和汤。你有你踏过千山万水的遥远向往，我
也有我只追求一室温暖的内心滚烫。

也许并没有什么真正意义上的成功或者圆满的人生，
只有为之心甘情愿的沉湎。

不知道从什么时候开始，人们渐渐开始很看不惯那些和自
己的选择或者人生际遇背道而驰的事物。

说看不惯还客气了点，表面上的不屑一顾，暗地里的咬牙
切齿应该更贴切一些。

某个晚上，大学室友姜姜忽然给我发了一句私聊，她说你

看了大毛的朋友圈没有，她怎么成了这样！

哪样？我疑惑地点开大毛的头像，稍稍往下滑了滑就秒懂了。

大毛曾是我们寝室最好看的女孩子，她身上的美是能够让即使身为同性的我们也心悦诚服的那种。毕业以后她是我们之中最早结婚生子的那一个。

现在宝宝已经快两岁了，从朋友圈看来她依然赋闲在家，专心致志地打理孩子和家人的一日三餐。平均每天都会发上十条左右的朋友圈，自拍、晒孩、烹饪、小视频，满屏幕都是扑面而来的小确幸和慈母心。

可这些在姜姜眼里，则是满屏幕的米饭粒、脏兮兮的口水、彻底发福的大饼脸和水桶身材，还有没完没了的炫耀。

就是炫耀自己有多无聊。姜姜说，真正幸福的人根本没空发这些琐碎的朋友圈。

我去看了看，确实，姜姜发的每一条朋友圈都配图精美，不是在出差的航班上，就是在回家的高速上。不然就是转发职场鸡汤，反正就是一个字，忙。

姜姜是我们之中最有出息的那个。她就职于上海某外企，资深 HR，英文八级，自修日语和葡萄牙语，励志要移民海外，做一个闲云野鹤的插画家。

姜姜的人生，有时候真是丰盛得让我羡慕。与此同时，她的朋友圈也确实贫瘠得让人好奇。

姜姜说，她曾经建议大毛在孩子一岁时就出来工作，可是大毛不肯，说孩子还在母乳期，根本离不开自己。

于是姜姜毫不留情地戳中她的软肋：你真的觉得连买一只护手霜都要跟老公伸手要钱的日子过得很开心？

没想到大毛反唇相讥，你快三十岁了还没结上婚，我也忍不住替你操心。

姜姜当时气得连发数条语音，说大毛就是披着萨摩耶外皮的白眼狼。

她们后来和好没我不清楚，但我在大毛微博上看见她写的一条长信，她写的是，给曾经的自己。

她说她也羡慕那些每天在职场里所向披靡的姑娘，她也羡慕穿着休闲装、拖着拉杆箱、挥挥手就开始旅行的潇洒女生。可是若要选择，她还是宁可待在家里，研究牛油果究竟应该搭配牛奶还是起司，研究每天的饭要怎么拍照才好看。

她还说谢谢那些抨击她孕后身材胖了三十斤的姑娘，她说一个母亲的伟大就在于她绝不会为了减肥，而放弃对孩子最有利的母乳。

看到这里我突然想起姜姜跟我说过的话，绝不会因为世俗压力而放弃自己追求的自由。

我突然想起，大学时候她们俩关系最好，是因为她们身上有个相同的标签叫作倔强。

好像过了二十五岁，就到了继高考之后人生泾渭分明的二次迁徙。

每天早上七点打开朋友圈，长得好看的人都醒了，她们有的开始给宝宝做辅食，附上宝宝手抓面条的照片和长长的图解菜谱；有的在车里拍下日出的模样，鼓励自己再坚持一下就能得到完美的带薪假期。

继上次她们大吵过后，两人总是含沙射影地写下一些生怕对方看不见的朋友圈。

比如姜姜晒出两张巴黎机票，附上一句霸气侧漏的话，我结不结婚关你屁事，老子有钱。

而大毛也不甘示弱地晒亲子全家福，配一句，父母健在，知己一二，盗不走的爱人，可爱的孩子，其他都是假象，不用放在心上。

大学群里几个共同的朋友忍不住私下八卦，这两个人也太幼稚了，越是往死里晒，越证明自己心虚而已。

没多久姜姜母亲忽然病重，清醒时说得最多的一句话就是担心看不到姜姜嫁给对她好的男人。

而大毛天天被婆婆摆脸色，口口声声都是心疼儿子工作辛苦，某些人不到三十已活得像个退休老干部。

那段时间姜姜放下工作，穿梭于各大相亲活动，强打着精神开始一轮轮的"单身面试"。一次次的失望而归，才发现也许感情早已错过了最好的发酵期。

而大毛在孩子两岁的时候忽然感染重感冒，不得已被动断奶，用她的话说，终于失去了跟宝宝之间最亲密的联系。

既然她的贴身陪伴对孩子而言不再是必需，也只好打起精神，投出一封封宛如石沉大海的简历。就算偶尔有面试机会，也都在 HR 得知她毫无职场经验时被果断 pass。

姜姜跟我聊得最多的话题变成，听说你们也经常会策划一些单身派对，能不能帮我留意留意？

大毛则抛下身段在群里咨询，有做微商的资深同学吗，介不介意带我一起？

人生总会有某个阶段被无可避免地啪啪打脸。我知道她们也曾有一瞬间的犹豫，如果有机会重新再来一次，是不是还会选择在职场拼杀做个面冷心热的女强人，又或是放弃前途心甘情愿地当个黄脸婆。

其实何止她俩，有太多人为证明自己的选择是独一无二的正确而拖人下水。

结了婚的替单身的着急，生完胖了的说瘦子不好怀孕，离过婚的觉得婚姻都是利益，要二胎的说丁克都自私，自由职业的认为上班族都在出卖灵魂，贷款二十年买房子的说住宿舍的都没安全感，连不会化妆素面朝天的女孩都抨击会化妆的同性是不正经。

说到底不过是因为内心惶恐，才用抨击别人的方式找自我认同。

但千万个人有千万种人生，无非就是你有诗和远方，我有排骨和汤。你有你踏过千山万水的遥远向往，我也有我只追求一室温暖的内心滚烫。

也许并没有什么真正意义上的成功或者圆满的人生，只有为之心甘情愿的沉湎。

长久地维系一段关系，就靠这三个字

每个人都是一座孤岛。

父母也好，伴侣也好，闺蜜也好，并非赤裸裸地交换一切隐私才能证明感情的亲密和忠贞。

相反，想要长久地维系一段感情，最重要的恰恰是必要的分寸感。

01

下午茶，July 姗姗来迟。放下包就懒懒地吐出一句，我跟他没戏了。

July 口中的他是她姑妈介绍的理科男，据说第一次见面就特别有感觉。就在圣诞节，July 还特地购置了一盘号称"斩男色"的眼影，说要为悦己者容。

其实是特别小的一件事，July 开口之前还埋下伏笔："你们听了可能会觉得我有点作吧。"

July 本来觉得理科男除了永远分不清她的口红颜色，其他都算不错。他会对服务员礼貌地致谢，也会趁她去洗手间偷偷买单。喜欢小众电影，聊得来，也喜欢做西餐，能吃到一块去。感情史清白，不会有前任来纠缠。

July 本来就是抱着结婚去交往的，理科男各方面条件都不错，她当然很珍惜，本想趁热打铁确定关系，结果就在昨天发生了一件小事。

"真挺小的。"

July 说当时他们吃完晚饭，正在驱车回家的路上。理科男在开车，她在旁边刷手机。突然看见个特别有意思的文章，July 就忍不住给理科男念了一段，才念到一半，理科男就听出了兴趣，趁着红灯顺手就把 July 的手机拿过去兴致勃勃地往下滑。

直到绿灯亮起，他才把手机重新还到 July 手上，说我看到哪哪了，你从那继续念啊。

"就那一瞬间，我就觉得这人不行。"

July 说，你们可能觉得我这个决定奇葩。但我想说，这种不问自取的处事方式，绝对是我的死穴。

她话还没说完，柚子就接过了话头，她说，July你不用解释，我懂。这绝对不是小事，我跟前任就是因为抢手机分手的。

02

柚子跟前任交往三年，同居一年半，两人经常在朋友圈发恩爱日常，什么一起做饭然后黑对方的厨艺啦，还有偷拍对方睡觉姿势乱P一番博得无数点赞，所有看过的人都忍不住在心底羡慕，这两人又甜腻又闹腾。

后来更新得少了，原因是柚子开始变得比以前忙碌了一倍，她除了白天工作，晚上又接了点私活来做。

每次男友喊她睡觉了，柚子都说亲爱的你先睡，我还有点没做完。

时间长了，男友就不满，你设计那些破玩意究竟能拿多少钱。

柚子就随口回答，不多，但也不算少。趁年轻多挣点总没坏事，再说我们明年结婚要花不少钱呢。

男友又问，那他们怎么给你结算工资呢？

支付宝呀，柚子笑眯眯地说，一个活算一个活的钱，审完了就给。挺利索的。

男友好奇又问，那到底是多少钱呢？

哎呀，每个活都不一样，反正肯定不如上班啦，零花钱而已。柚子说完又埋头画图了。

某天，柚子洗完澡从浴室出来发现男友面对着电脑，不知低头在干啥。

突然玩心大起，想走过去吓吓他，谁知受到惊吓的却是自己。

男友在玩她的手机，正用指纹登录支付宝，然后查看她的交易明细。

每一笔活多少钱，一目了然。

柚子顿时怒火中烧，扯下包头的毛巾就扔在地上，你干吗呢。

男友自知理亏，但也不肯服软，就说你扔东西干吗，我就看看你到底为多少钱天天忙。原来才这么点，值得吗？以后你早点睡觉，老公养你。

可是柚子哭了，她说当时也不知道自己为什么哭，气愤或者是男友那句若有若无的鄙夷。

柚子说，谁让你看我手机。

男友顶了一句，你让我录指纹，不就是默认给我看，要不然你别让我录指纹啊！你手机里还有见不得人的啊？那我倒要好好看看。

说完男友再度抓起手机，作势要打开微信。

这次柚子彻底怒了，她疯了一样扑上去抢手机。

毕竟还是女生，一下子就落了下风，这时男友已经点开了聊天界面，并且一副要每个记录都翻个底朝天的架势。柚子急了，对他又掐又咬。

男友吃痛骂了一句，你特么是不是真做了对不起我的事？

当时柚子已经抢到了手机，听见这句话，直接把手机砸在地上。你翻吧，翻个够。

那次分手对柚子打击挺大，她有很长一段时间都在思考，究竟至不至于？

他看支付宝明细也许真就是好奇。就像他说的，自己给他录指纹，不就是坦荡荡，代表他可以随时动用自己的手机，代表愿意跟他分享隐私。

但为什么，他真的翻了，自己会这么愤怒，并且完全不能接受呢。

"我想了很久，后来终于明白，这就像是，我爱你，那么代表着我默认自己给了你伤害我的权利。但不代表，你真的伤害了，我还要站在原地一动不动。我给他录了指纹，代表我的手机他可以用，想要看什么都可以，但不是给他偷偷摸摸地看。这样我的信任被毫无分寸感地挥霍，我感觉不到他的尊重。"

"难道我在自己家上厕所没反锁上门，就代表欢迎同居者随时闯入吗？"

"并不啊，不是吗！"

03

柚子的话让我想起这个词：分寸感。

和我好了足足十四年的闺蜜妈妈曾用这个词称赞过我。

从高二开始，闺蜜的爸妈就常年需要驻外工作。她们除了给闺蜜安排一个一周来做一次清洁的阿姨，就只给她留很多钱。

当然，光靠钱不足以支撑一个少女的安全感。

于是那段时间我经常会去她那陪她过夜，白天再一起上学。双双考上大学以后，我们更加肆无忌惮，几乎天天厮混在一起，玩游戏到凌晨两点，再一起睡到日上三竿。

有一次，闺蜜去上课，我则因为生理痛在她家休息。

这么巧，她妈妈刚好回家收拾换季的衣服，看见我有点惊讶，但她当时没露声色。

她在客厅一边整理东西，一边跟我闲聊，说她都去了哪些地方云云，然后她突然说，阿姨床头那个首饰盒你猜猜在哪买的。

如果我进过闺蜜爸妈的主人房，当时就会脱口而出，有三四个首饰盒，您说的是哪一只。

但我之前一次都没进过她房间，所以根本无从知晓。

后来闺蜜回家知道了她妈妈试探我，心直口快地说，别说你房间她根本没进去过了，她就连我房间都没摸清楚呢。好几次早上我让她帮我找衣服，她都找不到。都断断续续住了一年多，她还不知道冰箱里有什么零食，也不知道我囤的面膜放在哪。

可是后来她爸妈回到武汉工作，我不再那样频繁地出入她家。我曾开玩笑地问她，假如有天她放学回来看见我敷着她的面膜，吃着冰箱里她喜欢的冰淇淋，开着她常年不下线的QQ，登录她的游戏账号玩两局，她会不会生气。

她一开始想说不会，我们这么好。但想了想，还是诚实地回答我，生气也许谈不上，但心里肯定会不太舒服。

我点点头，我明白这种感觉。

毕竟两个人再好得像是一个人，也终究不是一个人。

她妈妈那时夸我有分寸感，但我想，这对我而言，更多的是敬畏心。

是对不属于自己的一切的疏离感。

好奇心谁都有，但不代表就能打着好奇的旗号，偷窥别人的隐私。

我工作后社交圈逐渐扩大，才发现在这个常常以交换隐私作为考评两人交情深浅的社交圈里，敬畏心和分寸感都变得格外可贵。

同事会旁敲侧击问你薪水几何，你要不肯坦然相告就是不给面子，结果人家一转身就去找主管，何以你高出她那么多。明明同等职位，这多不公平。

　　熟人会打着关系好的旗号开口找你借相机、借电脑、借车，然后嘲笑你相机里还没来得及删的"毁容照"，电脑垃圾桶里拿不出手的作品，还有车上面额低廉的打折券。

　　他们肆无忌惮地翻看，然后跟你讨论这些本属隐私的部分，还自以为跟你特熟。

　　事实上，你从冰箱里拿出饮料招待来你家修水管的工人，是礼貌。但要是他自己从你冰箱里拿西瓜吃，就是僭越了。

04

　　我喜欢的一个作家这样描述过，每个人都是一座孤岛。

　　人与人之间虽不至于凉薄，但再亲密的家人，再恩爱的伴侣，再无话不说的闺蜜，每个人都还是有独属自己的小空间。

　　父母也好，伴侣也好，闺蜜也好，并非赤裸裸地交换一切隐私才能证明感情的亲密和忠贞。

　　相反，想要长久地维系一段感情，最重要的恰恰是必要的分寸感。

　　对方没有主动提起的，就不要问。

　　提起过一次，对方没有直接回答的，就别再追问。

　　保留对方隐瞒的权利，也是尊重和信任的一部分。

　　唯有知心长相重，大约就是这样。

三人行，必有一失

怀揣着抱团取"胜"的壮志雄心，走向了比单枪匹马
还孤独的一败涂地。

大黄的服装店到底还是黄了。

她把余下的货发到朋友圈里以成本价兜售，直接回复所有人，
是的，我们拆伙了。

我能够想象到她满脸的无奈和一丝不那么容易捕捉的愤怒。

我还记得一年前开张时，三个美女老板带着男伴，加上各自
邀请的好友，把地段并不算火爆的转角店面弄得跟新片发布会似
的声势浩荡。

那时她们分工明确，彼此包容，像函数里的铁三角，牢固稳
定，坚不可摧。

我带同事去光顾，总能看见她们聚在一起喝茶聊天，像闺蜜

间的座谈会，搞得每个见过这场景的女孩子都很羡慕。总有人托我去问大黄，你们这还缺老板吗？

问得多了，大黄就会反问我，为什么就你不想来？

我说，要是就咱俩，我愿意。但如果还有第三个人，我放弃。

当时她笑得花枝乱颤，说我做人太固执，什么都喜欢一对一。做生意又不是谈恋爱，谁也不是谁的第三者。

可是没多久她打电话来倾诉，就因为她没能及时接电话，另外两人就把新订制的促销政策对外公布。本来只是小事，却有种遭遇背叛的愤怒。

一旦有了猜忌，任何事都变成蛛丝马迹。

大黄开始把她们聊天群记录发给我看，总问一个问题，她们半天不回我，是不是在弹小窗。

直到另一个女孩为保胎住进医院，四个月身体稳定想要回来看店。

一个孕妇，能做什么？

独自看店，爬高踩低给客人拿衣服，闷在仓库盘点一整天，还是拎着重达二十斤的新款挤一辆高峰期的公交车。

于是这回出局的不再是大黄。

她和店里剩下的姑娘商量，发一通微信给孕妇姑娘，你不要来了，年终分红仍然有你三分之一，但从这个月开始，我们俩将开始每月每人拿一份基本工资，以补偿两人独自开店的辛劳。

就像刚抢到"地主"牌的玩家，眼睁睁看着另外两个人立刻公开讨论对方手上的牌一样，孕妇姑娘直接炸毛了。

撤股，转让，拆伙，分钱。

等不到年终，装修精致的店铺直接清空。

怀揣着抱团取"胜"的壮志雄心，走向了比单枪匹马还孤独的一败涂地。

直到最后大黄还在问我，不用干活也能分红，她还有什么不满足。

我不知道该如何回答，只是那个瞬间，我想起另外两个高中时的朋友。

曾经我们形影不离，连上厕所都要等到三个蹲位全清空。

我们抄同一份作业，喝同一杯水，穿同一件外套。直到她们同时谈了恋爱。那些秘而不宣的寂寞心事，那些一嗔一怒的少女情怀，在她们对视的目光里擦出更契合的烟火。

从那时起我就知道，尽管她们努力待我如初，也终于有了亲疏之别，三个人的友谊并不是等边三角形，一百八十度的固定值决定了我们的关系，此涨彼落，总有一失。

上周表妹婚礼，到了抢捧花环节，她直接走下台把白玫瑰和绿蔷薇的组合花束递给了唯一的伴娘。

伴娘惊呆了，在表妹和新郎一左一右的拥抱里痛哭不止。

在场所有宾客也只当如司仪所说，感情甚笃，让人羡慕。

但那天前表妹就告诉我，这个女生不止是她的好朋友兼伴娘，还是"小三"兼情敌。

她们之所以能够维持到现在，只因为在前半部分荒凉寡淡的青春里，对方是彼此生命里最紧密的一部分。

那时表妹和男生并没有相爱，伴娘也不曾透露半分心迹。他们就像说书先生口中的"三分天下"。不偏不倚，势均力敌。

直到表妹和男生公开那天，伴娘哭着指着他们的鼻子骂了足足半小时。最后她和表妹抱头痛哭，都在说着对不起。

这种段子要是放眼下，我肯定会骂他们都是大尾巴狼。可是她们在最心无城府的时候相识，那一年谁也不知道什么叫两面三刀，也没有所谓的绿茶婊。毕业后她们彼此扶持，肝胆相照。表妹说，一个宁可自己吃挂面也要把泡面让给她吃的人，她相信她的磊落，也相信她的赤诚。

伴娘得知他们的婚期，特意去医院做了微整形。开眼角，割双眼皮，绣一字眉。整个人说不上脱胎换骨，至少也耳目一新。

她走到新郎面前大方地承认，我喜欢你，但已经是过去式。说到这就已经哭出声音，剩下一句被走音的哽咽模糊不清。

表妹却听懂了，她说的是，我想和你们再走一程。

于是就有了我们所有人看见的那一幕。身穿粉色伴娘服的女孩子顶着通红的眼睛和倔强笑容，双手托着表妹冗长厚重的婚纱裙摆，跟着这对新人的步调一步步走到红毯尽头。

拿到捧花之后，她扬扬手，挣脱新人的拥抱，洒脱地走下台，再不回头。

看过那么多狗血电影杜撰过的催泪场景，都没有那个背影来得动容。我作为旁观者，都有想哭的冲动。

他们走了十五年，从不经世事到初见沧桑，终于有一个先说了再见。

这大概也是为什么明明很多人都爱多个人热闹，却只肯囿于一对一的感情。

古往今来只有两厢厮守，没有真正的三足鼎立。

再深刻的感情，再自以为平均的友谊，在心底里都有一个本能的先后顺序。当年的我很清楚自己是掉队的那一个，就像伴娘很清楚哪怕他们还能毫无顾忌地跟她走下去，他们也不再是从前的三个人。

所以我没有回答大黄那个问题，我想，孕妇姑娘所愤怒的并不是她们每个月给自己发的那点工资，她只是发现自己再也无法回到从前的位置。

一旦有了猜忌，任何事都是蛛丝马迹。

在一切被摧毁前，不如抢先说一句，再见。

愿长大成人后的我们再不相逢

无法回溯的时光，在我们心里都仿佛暗藏宝藏。

与其亲手摧毁，不如再不相逢。

前几天前台妹子突然给我打了个电话，在看见她的名字出现在显示屏上一瞬间，脑海里闪过的第一个念头就是我下班忘记关取暖器，导致整个公司陷入火海……净损失达数百万。

不，真不是我脑洞太大。要知道，共事三年来，她从未给我打过一个电话，哪怕十万火急的事，她也只会在微信群里艾特我三遍。

等我艰难地接起来，却只听见她语焉不详地说了句，快看欢欢的朋友圈。

"电影还没开始，已经结束。我往前走，你原地停留。两个人的世界从我迈出第一步的时候就已经不同了。你的猜忌，我无能为力。那就到此为止，祝你幸福。"再配上《疯狂动物城》

的电子订单截图。

嗯，情侣票。

距离电影开场还有两小时。

下面一长串留言全都洋溢着喜大普奔的愉悦之情：兑换码已get[微笑][微笑][微笑]。

其实欢欢人缘特好。尽管共事这么久，他跟女同事们交流最多的就是苦口婆心地劝我们去打打玻尿酸、美白和瘦脸针，或者纹眉、丰唇、牙齿矫正，诸如此类。

他也曾滔滔不绝地向男同事推销发蜡、香水、减肥茶、健身卡，这么说吧，欢欢就是那个能一针见血冒犯到你，你却依然不会真正拉下脸来跟他生气的那种人。

但他那个号称纯天然、零添加的小女友就跟欢欢刚好相反，哪怕她当众给你舔鞋，你也觉得她问候了你整个小区的大爷。

我第一次膝盖中箭还要怪去年那场大雪。

由于公司就在江滩附近的关系，我们正好名正言顺翘班去拍照。于是就有了一组活泼有爱的朋友圈配图。这本来是平常得不能再普通的一件事，但就在发布之后的一分钟，他就接到来自大洋彼岸的质问，给你拍照的人是谁？

欢欢随口就答，同事啊。

结果这两个字简直就跟导火线一样点燃了话筒："同事！呵

呵，男的女的？"

　　欢欢脸色已不大好看："只是同事而已，男女有什么关系。"

　　"那就是女的了，叫她听电话。"

　　当时我就在旁边，她尖锐的嗓音从话筒传来时，我心里只有一个大写的 Excuse me？！

　　当然，这件事最后以他们无休止的争吵以及最终的和好告终。

　　后来我才知道膝盖中箭的不止我一个，曾经他打车回家时顺便带了前台妹子去地铁站，结果就被她登录了欢欢的微信来聊天套话一整夜。

　　尽管一无所获，还是生生被拉黑。

　　从此前台妹妹跟欢欢拉开五米以上的安全距离。

　　但比起这么个女神经，我们更关心的是，欢欢究竟爱她什么。

　　我们看过照片，关键词也就是年轻、素颜，过目即忘。

　　虽说在国外念书，但一周有七天时间都在哭着说想回家。唯一的爱好是在线斗地主和 FaceTime 撒娇。

　　如果真要打着放大镜找出一个优点，那就是不必担心她劈腿，因为她二十四小时都守在手机旁边等欢欢的消息。

　　欢欢则不同，他交友广泛，嘴皮利落，能扮谐星逗众人开心，也能扛起大任，成为团队核心。

　　再加上一张精心护理的颜面和一身时而嘻哈时而潮人的扮

相，公司没人不买他的账。

直到欢欢说当年，他们是初中同桌。

那时他腼腆如兔，她泼辣如虎。有一次语文老师规定考八十分以下的必须抄写试卷十遍，刚好七十五分的他正好发现有个地方被老师判错了，却不敢说。反而是只考了不到六十分的她站起来把试卷摊在老师面前。

直到现在，在他印象里她都是那个没心没肺、勇往直前的犯二少女。

其实高中时他们彼此已有情愫，只不过年少倥偬，谁也担不起忠贞不渝的字眼。"我喜欢你"好像是一句电影开场白，他站在舞台上逐渐修复起幼年流失的自信。

她自觉无法驾驭，于是决定放手。

但越是得到过，却从掌心溜走的东西越让人执念深种。

时隔五年他们再度相遇。有了当年情谊，又都是单身身份，两人一点即燃。

可成长有时候是一把锋利的刀，将原来的我们分离重组，拼接缝补成更适合这个世界的模样。

她从犯二少女真正进化为无须为生活操心的富家千金。

他则从连为自己申辩都不敢的腼腆男孩，自我武装成哪怕见到只鹦鹉都能聊上两小时的销售精英。

当然，他还是爱她的。有当年的惊艳，也有如今的怜惜。有她撒娇崇拜，也有他包容胸怀。

但每次见面前，他依然会本能地清空微信、通话、短信、QQ 等一切社交平台的聊天记录，甚至包括我们的工作群。

每次大家都觉得无奈又好笑，但也心知肚明，这场你瞒我瞒的爱情不会支撑太久。

我问欢欢，你们还会和好吗？

他果然摇摇头说不知道。顿了一会，又补充道，也许会吧。

他打开手机，立刻就冲出女友的来电显示。他没着急接，就像知道那边的人一定不会挂断一样。

他调成静音模式，叹口气说，我知道你们都不喜欢她。

我正想说我们又不是你爸妈，你管我们咋想呢……结果他果然继续说，但我不在乎。

好吧，为了听他倾诉，我强忍住揍丫的冲动。

其实我们曾经很要好过，她跟着我升入同一所高中，她像兄弟一样对我肝胆相照，无话不说。我们翻墙翘课，我们掏出身上所有钱只够买一根鸭脖，军训时我们躺在地上数星星，她说，欢欢，我好幸福。

说到这里，欢欢脸色又柔和几分，我大概能够脑补到这简单的几个字，是一段记忆致命的吸引力。

他说，我想要让这种幸福延续，却发现五年时差让过去变得遥不可及。

我想我懂这种明明无能为力，却还是忍不住要拔刀对抗的勇气，以及泄气。

想起每次参加同学会都能听到许多带着青葱味的八卦故事，比如当年甩人的那个，如今却紧追不舍。比如当年被深深伤害的，如今却恃宠而骄。

有太多人，因为那段草腥气的记忆辗转难眠。

有太多人，因为不舍执念而破镜重圆。

十字开头的年纪，深爱与伤害都是万中挑一的美好。

无法回溯的时光，在我们心里都仿佛暗藏宝藏。

可惜即便重新再来，也无法克隆当初万分之一的心跳，也许还会把珍贵的一块抹掉。

与其亲手摧毁，不如再不相逢。

我永远忘不掉《将爱》的电影版续集里，杨峥和文慧的第二幕结局，杨峥不复当年意气风发，文慧更加跟男人当街厮打。清醒时，已经无颜面对彼此，昔日温暖也一一斑驳。

斯人若彩虹，遇上方知有。

有过就足够了，当彩虹消失时，就不要用水杯虚构。有些事情过去就是过去，消失就是消失，该说再见的人就放在心里留念。

谁还没有几个，想念到哭泣，却不愿意再相见的人。

伍

你朋友圈看
起来好高级

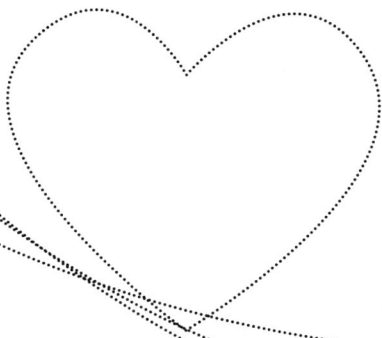

你朋友圈看起来好高级

那些活在朋友圈的灵魂，其实比你想象中寂寞。

01

自从生了小孩以后，MUMU 朋友圈的画风就变了，她开始拍一些文艺范的照片，以白墙为背景，单手拖起一杯牛奶、一个橙、一小束花，或者是给儿子做的一碗小小的土豆泥。

白皙纤细的手指，恰到好处的 PS，让整个画面看起来唯美又高级。时不时再发一些转来的照片，地中海风格的冷淡系家居，配一句"这就是下一个新家的样子"引来点赞连连。

清晨七点拍下一本写满英文的书，"我所有的努力都只为了让你十八年后坐在异国大学里，呼吸一口莱茵河畔的香气"，然后配上儿子质朴纯真的笑靥。

美好得让人落泪。

她用心地拍新购入的毛绒拖鞋、针织围巾、羊毛大衣、护肤品、戒指。把他们全都摆成漫不经心的样子，和一盘水果丁、一杯咖啡或者孩子的小手搭配在一起，画面温馨有质感，幽幽哑哑的光线下面，小资生活的日常呼之欲出。

评论里出现最高频次的一句是，真羡慕你啊，带娃还能这么优雅，让我多生一沓都愿意。

MUMU 终于握着手机露出满意的笑，不过眨眼工夫，孩子就弄泼了咖啡，冷而稠的液体顷刻间把小格纹的床单染成一片屎黄。MUMU 惊呼一声，慌忙扯纸巾去擦。好不容易收拾完残局，又看见孩子站在墙边咿咿呀呀地挥动小手，她刚买的口红就这样被当作画笔在墙上留下斑斑劣迹。

第二天，她只发了从星巴克买来的面包，裹在白色棉布里，和着窗外和暖的光束，一切看起来刚刚好。当然，画面里没框进去的是，婆婆留在餐桌上的隔夜菜，老公半夜吃夜宵来不及洗的碗，沙发上孩子打泼的牛奶。

她歪着脑袋巡视一周，还好厕所的墙面还很干净，打开浴霸也能得到一张温暖励志的好照片。

02

我们的征程是，星辰大海。

这是小暗朋友圈的背景文字，她去了许许多多的地方旅行，有稻城亚丁的秋色，有越南芽庄的海岸，有济州岛的小旅馆，还有尼泊尔的滑翔伞和土耳其的热气球。

在短短一个月里，她切换了五个国度。每到一个地方，都会发一条朋友圈，写下诸如"这是我想念你时的天空"或者"回忆你时正黄昏"之类的伤感怀旧的句子。

上周五，她到了塞班，拍一张堆满沙子的城堡，说你看，这是我们约定要举办婚礼的岛屿，却只剩下我一个人抵达。

评论下方是朋友同事们一路的追逐和慰问，他们说，小暗真潇洒；小暗真痴情；小暗，风景那么美，你擦干眼泪再细看；小暗，抱抱，别难过了；小暗，你还要把自己放逐到多远的地方。

她每晚都辗转难眠，一条条翻阅着朋友圈的互动提醒，可是一天过去，一周过去，一个月过去，还是没能等到前任的只言片语。

她只好起床倒了杯咖啡，杯子没拿稳惊动了妈妈。"这么晚了，怎么还不睡？"

"嗯，在看旅行攻略，妈，要不我们出去旅行吧？"小暗小声地建议。

妈妈叹口气："你都在家待了快两个月了，还是出去找份工作吧。失恋而已，这么长时间也该没事了。"

"哦。我本来就没事。"小暗回到房间，忍不住又刷了一遍手机，依然没有前任慰问的消息。她发了这么多照片，去了这么多地方，孤身一人，还对他如此想念，却换来无动于衷。

他是真的，对自己一点都不好奇，一点都不关心了吗？小暗甚至想过，要是哪一个景点让他动了恻隐之心，她就立刻买票飞过去，然后给他打电话，说亲爱的，我在这等你。

但真的要去这么多地方，真的要忍受这些孤独，只为了博他一个蓦然回首，她做不到，成本太高，风险太大，她觉得找找照片更安全，在家等待，总比在异国要安然得多。

她又发了一张照片，晚安，漫天星辰。晚安，曾经沧海。

她关上灯，手机在黑暗里响起一首歌，"也许离开，才能靠近你"。

听着听着，眼泪打湿了枕头，她觉得自己仿佛感受到了来自奥尔洪岛夜晚的寒意。

03

早上十点，阿音发了一条朋友圈："OK，搞定了结尾。"

配图是早就准备好的，一张书桌、一台电脑、一本记事簿、一支笔。以公司明亮的办公桌做背景，她满意地选好了分组，发出去以后，微不可闻地叹了口气。

转眼，晚上十点。整个办公室只剩下阿音一个，她吃一口泡面，写一行字，时而跟作者交流两句，灵感来了就自顾自地低头苦写。常常一碗泡面还没吃完，已经趴在厚厚的文稿里睡着了。

但只要 QQ 嘀嘀一响，她就会像听见集合口哨的士兵一样反应迅速地睁开眼睛，点击收稿，然后仔细看完，修改，做好策划文案，然后提交给主编。

从办公室回家已经是凌晨十二点。她忍不住看了看银行卡上的数字，默默安慰自己，再忍忍，明年就能买一台新电脑，在家加班了，再也不用一个人在凌晨像个疯子一样，边唱歌边奔跑着穿过地下通道。

她想发条朋友圈，装装可怜，也想找人帮自己壮壮胆。可是想到还要分组就觉得好麻烦，不分组的话，爸妈又会担心。

离春节假期越来越近，办公室每天都有人在兴致勃勃地讨论，要跟家人去哪里旅行，过年又能吃到家乡什么特产，或者终于抢到了卧铺票。

每次有人问，阿音，你买好票了吗，她都摇头。大家以为是她没抢到，却不知道她是不想买，不想回家。

手机震动了一下，她拿起来看，果然是家人群里有人发了她昨天朋友圈的截图，大姑妈羡慕地对她妈妈说："哟，阿音又写完一个稿子，今年过年回家又可以给你换个新手机了吧。"

"写字就能赚钱真是好，就跟天上掉下来似的。"

"阿音，你运气怎么那么好，坐在电脑面前不用动，就有钱进账。"

"阿音，你现在挣钱虽然容易，也不要乱花，你爸妈养老可都指望你。"

阿音的妈妈给她发一条私信："钱到了给我，我帮你存着。免得你来得太容易，不珍惜。"

阿音回答，好。不过稿费还有一两个月才到账呢。妈妈那边忍不住抱怨，那么久啊，都已经写完了啊。

阿音耐心地说，这一行就是这样的。妈妈有点怀疑："哪有拖这么久，不会是你已经花了吧？"

去年阿音拿出自己工作七年所有的存款，给爸妈买了一套小房子。爸妈穷了一辈子，做的都是卖力气的活计，看见没考上大学的阿音居然当上了白领，比谁都骄傲，逢人就夸，自己闺女挣钱多么容易，打打字，聊聊天，不费吹灰之力。

时间长了，阿音的朋友圈就多出了一个分组，专门给爸妈和亲戚们看，看她活得多么光鲜靓丽。

午餐是牛排或者煲仔饭，晚餐是朋友请的大餐，读者寄来的礼物被她带回家分给亲戚的小朋友。亲戚问她过得如何，怎么还不结婚，她妈妈都会抢答，我闺女有钱，用不着靠男人。

她听了，也隐隐觉得骄傲。可是想起那些不见阳光的拼命时光，想起给妈妈买个按摩椅自己吃了半个月的土，想起爸爸听人说韩国的护肝宝好，就费尽周折地找人代购，最后爸爸却说跟别人的不一样，是假货。她委屈得想哭，却掉不下一滴眼泪。

只能发坚强的朋友圈，永远一帆风顺，永远充满斗志，没有乌云蔽日，只有晴空万里。

阿音知道，自己是父母辛劳半生唯一可以开口的炫耀，是他们的面子，是他们生活里的光。她只能让自己的朋友圈高级一点，再高级一点，秒杀家族众人，把自己伪装得牛逼烘烘，所向披靡。

04

旧同事群里有人八卦地发桃子的朋友圈截图，说她是要在海南买房过冬了。

有人刚表示羡慕，就有个知情的同事跳出来笑，别逗了，她去年才跟我说在广州买房过冬。

还有一次，她在朋友圈发自己临时要出国谈项目，订好的五星级温泉酒店房间要转让，结果有个朋友正好就在那边，又那么巧没订到房间，于是欣喜若狂地给她发消息，谁知道人家慌忙改口说，以为没人要怕浪费，已经大方送给了附近一个网友。

朋友后来问了才知道，温泉房是可以退的，只要提前一小时就不会让顾客承担损失。

再加上另外一些事，大家就知道，桃子是个满嘴跑火车的姑娘。她有次发朋友圈说，五百万的项目眼看就到手，可惜合作伙伴不给力。诸如此类，令人扼腕叹息。

有人不齿，这种人，就应该啪啪打她的脸，都是一个山洞里修炼出来的兔子，谁还不知道谁。

一个我喜欢的姐姐拦住了她，别人的朋友圈，你评论再一针见血也拆不穿她，毕竟只有我们互相都是好友才能看见评论而已。而且，很明显她那些装逼的内容也不是给你看的，更不是让你打脸的。

其实，我们都需要为自己制造一些幻觉，就像伤心时有人想要喝酒，大醉一场。就像疼痛需要麻醉剂。生活里本来就有太多的恶意，缠绕束缚着我们的手脚，有时挣扎不脱，动弹不得。就会需要制造一些美好的假象。

不知道你有没有发现，朋友圈里很少有人发负面情绪，大多是买买买，逛逛逛，吃吃吃，谁也不愿把伤感拿出来展览。每个频繁发朋友圈的人都希望被关注、被点赞，找到一些存在感。

用这些微弱的欣喜来抵抗生活里的难。

就像自拍需要美颜，就像我们更容易被闪闪发光的外表所吸引。

用不着嫉妒，也没必要拆穿。那些活在朋友圈的灵魂，其实比你想象中寂寞。

毕竟真正的绝世风景都在脑海里，灿烂充实的日子都在一天天的忙碌经历里。

而不是在那些精心构建的图文并茂里。

父母才是我们最熟悉的陌生人

在父母面前，我们总是习惯了扮演三好学生的角色，
却忘记了告诉他们我们也会长大，曾经强忍着不让他
们看见的血泪也终于在干涸后结成厚厚的盔甲，
以至于他们再也认不出了我们长大后的面目。

花掉整个月薪水买的包，跟妈妈说只要五百元。

被男友劈腿，跟爸爸说是自己眼高于顶看不上人家。

就着水煮肉片里面的辣椒吃了一周馒头，却告诉家人刚领
了工资，正挥金如土。

不知道从什么时候开始，我们长成了报喜不报忧的成年人。

01

周末晚上意外收到高中同桌发来的微信，她说，你能不能借我八千块钱。

我第一反应就是她号码被盗了，万一是真的，别说八千了，八毛都没有……

结果我还没编辑好拒绝理由，她就飞快地补充了一句："哈尼，你千万别答应，就说没钱滚蛋！然后我删掉这条再把对话截图给我男友。"

这两条消息看似自相矛盾，其实暗藏玄机。读懂了她的用意后，我配合地回复，请问你哪位？

没多久她的电话就打过来嘻嘻哈哈地说，还是你绝。虽然毕业后两三年也难得见一次，但还是从她欲说还休的语气里听出悲切。

我说你打来不是赞美我机智这么简单吧，她果然干笑两声，其实我根本不想帮男友借钱，我只想跟你聊五毛钱的天。

不聊则已，一开口就是掩藏不住的愤怒。

原来同桌的现男友跟她一样坐标悉尼，念同一座学校不同专业。两人原本相处得不错，性格对路，家境和成长路径都比较统一。可最近她发现男友常常对家人撒谎，他为了居住舒适搬进了更好的公寓，也为了出行方便而购买了一辆二手汽车。这对原本生活费就捉襟见肘的他来说，可以说是把自己逼到了山穷水尽。

信用卡刷得七七八八，但为了不让家人担心，他总说钱够用，顿顿大餐，挂了 FaceTime 就来求自己女友，也就是我同桌借钱。

还好同桌是那种我爱你，但我不会惯着你的比较拎得清的女生，当即就表示自己没钱。让他跟父母实话实说，争取一点补助。但男生死活不肯，他说哪有子女出门在外还要让父母担心的，多不孝啊。

后来他就怂恿同桌："你先帮我借点钱嘛，你就是我异国他乡里最亲的人，我不求你还能求谁？"

同桌说当时她听完这段话，简直目瞪口呆，哦，你不想让爸妈操心，就让我把自己的脸贴在脚底下踩。你可真孝顺，同时也好爱我。

同桌说，确实独自在异国求学不易，也是真心舍不得离开这么个可以取暖的人，毕竟圣诞节就要来了，到处都在狂欢。

可后来当我按照同桌说的回复，让她截图给男友，说你看，我真的借不到钱时，她男友来了一句，你找关系一般的同学肯定没用，试试跟你爸妈说说。

同桌立刻就原地爆炸，怒提分手。

冷静下来，她问我，你说他爸妈知不知道自己养了个这么孝感动天的儿子？

我摇摇头，毕竟在他爸妈眼里，他还是个连女生的手都没牵过的小处男。

♡ 02

其实我很反感这句"报喜不报忧"。

很多人觉得这是一种在父母面前打落牙齿血吞肚子的成熟和超然。成年以后用向父母隐瞒自己的沮丧和落魄，来标榜长大成人后的独立、理性、自信和强大。

在他乡风雨兼程，更深露重，却跟父母说吃得很撑，暖气很赞。在父母面前拼命把自己伪装成无坚不摧、所向披靡的角色。在人生并不如意的际遇里，我们用一百个谎言"善意"地尽孝，也生产出一千种负能量传递给身边其他人。

绰绰遭遇男友和闺蜜的双重背叛后，为了不让爸妈担心，也为了所谓的面子，谎称是自己觉得两人性格不合，于是和平分手。她云淡风轻地说，放心吧，我总能在三十岁之前找到更好的。

但午夜梦回里那种蚀骨的恼怒、不甘和心痛，把她折磨得要靠安眠药才能入睡。她觉得在父母面前演得辛苦，于是日日找借口晚归，拖着朋友同事吃饭唱K，喝到酩酊大醉。有个晚上痛苦壮大到连酒精都压制不住，恰好，她的目光触碰到一个与前任相似的皮囊。成年男女之间的事情，借着酒精很轻易就发生了。

戏剧的是，第二天一早绰绰手机响起，陌生男人迷迷糊糊地当成自己的来电接起来，刚喂了两声，那边绰绰妈就彻底炸毛。

到家第一件事就是质问绰绰为什么劈腿，妈妈因为曾对绰绰前任非常满意，以至于气得口不择言："我怎么生出你这么个不知检点的女儿。"

绰绰泪如泉涌，想要讲述自己数月来的痛苦却发现已经错过了最好的时机。此时此刻，她已经不能扑在妈妈怀里哭着说，自己最爱的男人爬上了十年闺蜜的床。她只能咬牙切齿地说，是啊，我不知检点，让你们失望真是对不起。

绰绰夺门而出，情绪剧烈翻滚丝毫没注意迎面撞上来的电动车。还好，只是电动车。可是躺在病床的绰绰不愿再和妈妈多说一句。

有些时候，就算亲如母女，和解也没那么容易，曾经苦苦隐瞒的心酸秘事，到最后就成了针锋相对的刺。

03

我的另一个男同事沈行若，想要离婚却被他妈以死相逼。

他跟老婆结婚七年，其间他一共跳槽五次，对公司唯一的要求就是，请把所有出差的任务都分配给他。他说，结婚第一年，小孩出生。第二年，觉得跟老婆已无话可说。到了第三年，他每天都会动 10086 次离婚的念头。

结婚那年，他还在玩不醒的二十二岁，同时交往着三个暧昧女友。一次酒驾被查，他被拘留了，与此同时，他妈被电动车给撞断了手，无人照料。于是他分别给三个女友打电话，结果真正去照顾的却是另一个苦苦追求他而不得的女孩，也就是他后来的老婆。

那时他想，只要她能对自己妈好，就足够了。过日子嘛，不就是一家人融洽才会幸福。

爱与不爱似乎没那么重要。

后来事实证明，男人第一眼没兴趣的女人，日久也不能生情，只会生厌。

每天下班回家看见老婆不是蓬头垢面看韩剧，就是右手抠脚左手烧烤。她一开口说话他就想捂住耳朵，她一撒娇他就寒毛倒竖。离婚前有两个月他们没有说过一句话。

　　他早出晚归，家对他来说只有一张床而已。而她生活照旧，上班看剧，对着电脑笑得张牙舞爪。只有他妈皱着眉头问，你究竟想干吗。

　　他干脆利落地抛出离婚两个字，他妈反手就抽过来一巴掌。你再说一遍试试。他震惊地捂住脸，才明白他妈是认定他之所以离婚是因为外面有了别的女人。她哭着说，你跟你那个死鬼老爸一模一样。

　　他爸年轻时把另一个女人带回了家，他妈耿耿于怀却选择了隐忍。但这么多年来心绪难平，动不动就跟他爸吵得不可开交，永远都是翻旧账的那几句，你怎么对得起我。他幼年时同情母亲，因此找老婆以孝顺他妈为准则。

　　如今他极力压制住内心滚烫，尽量平心静气对妈妈解释，没有第三者，在一段婚姻里最大的伤害并不是背叛，而是毫无共同语言的尴尬，是彼此人生方向背道而驰的疏远，是明明不爱却要捆绑在一起的痛不欲生。

　　他语气沉重，面目沉痛。他妈安静地听了很久，最终问了一句，那你当初为什么要选择开始？

　　他差点脱口而出，不就是因为她来照顾你受伤的手，我才跟她结婚。可是咬咬牙却说，就算当初做了错误的决定，难道就没有修改的机会，我才三十岁而已。

他眼眶泛红，可他妈还是皱眉，我跟你爸吵成那样，不也是这样一辈子，你就看在孩子的份上，忍忍也就过去了。

可我不愿意。每个字他都说得咬牙切齿，不愿意人生就这么忍过去，不愿意余生就如此作茧自缚。

结果这个固执的老太太威胁他，要是你跟你爸一样辜负你老婆，就别认我这个妈。

第二天他带着简单的行李搬了出来，请我们几个要好的朋友去出租房喝酒。酒过三巡后，他红着眼睛说，不知道为什么长大以后，父母似乎就认不出我们了。小时候他在学校被冤枉偷钱背黑锅，所有证据都对他不利，连老师都说这种小孩要不得。但只要他说没有，他妈就斩钉截铁地相信。为什么现在，她宁愿一口咬定他外面有人，也不肯相信他的苦衷。

04

成年后，父母为我们买了一条又一条的秋裤，却没见过我们光着脚踝在零下十摄氏度里张狂炫酷。

他们以为我们钟爱电视里的阳光少年，却没见过我们把不羁的文身刺入血脉。

爸妈逢人就夸，我们聪明又听话，只因太腼腆还没交过男朋友，却没看过你为爱人千里奔赴的孤勇。

在父母面前，我们总是习惯了扮演三好学生的角色，却忘记了告诉他们我们也会长大，曾经强忍着不让他们看见的血泪也终于在干涸后结成厚厚的盔甲。

他们摸不到我们的脆弱，也丧失了理解的宽容。

我们也渐渐习惯了受伤时说我没事，伤心时说很开心，迷茫时说没问题。我们强撑着眼泪，给他们虚伪的面孔，谁也说不清楚，在曾经亲密的岁月里是如何打着报喜不报忧的旗号隐藏了那个最真实的自己。

以至于他们再也认不出了我们长大后的面目。

只愿天长，不惧时光

每一场旅程，都无法依靠旅途的遥远消除原本生活里
的繁杂琐碎。

在甘肃，第一次看见沙漠。

脱了鞋袜光脚踩在漫无边际的黄沙里，像踩进北京宫廷小
吃豌豆黄和芸豆卷。与生俱来的冰凉与软糯，能够包容一切，
也可以吞噬一切。

是，在无垠的沙漠，在青海的湖，在被虔诚朝拜的塔尔寺，
在万众敬仰的莫高窟，我频繁地想起北京。

同行的朋友说她最迷恋旅行的地方就是飞机起飞的瞬间，
当身体开始失重的刹那，仿佛一切旧的都被遗弃，而崭新的正
在来临。

只是对我而言，沿途再壮美的风景，也是过客而已。

沿湖高速上，有许多虔诚的朝拜者，他们每走几步就会俯身下去磕一个头，用五体投地的姿势，对自身毫不吝惜和防备。听导游说，这叫磕长头，要磕满十万个才能算功德圆满。

当时我们在心里计算，十万个长头并非遥不可及，若是年轻力壮，大约三个月就能完成。可是每一次内心的虔诚与笃定却无法依靠一个看似宏伟的数字就轻易界定。

就像每一场旅程，都无法依靠旅途的遥远消除原本生活里的繁杂琐碎。

离开武汉之前，我辞职，去新公司报到，请假，与人争吵，说很多决绝的话，坐在马路牙子上为这几年所浪费掉的自己痛哭不已。

在机场想起过去几年里频繁地飞往北京，一边咒骂着交通和天气，一边拖着沉重的行李穿梭于蛛网般的地铁。一边憎恨快频率的生活，一边提醒自己快一些再快一些。

青海、甘肃大环线全程三千五百公里，每天都在路上，不断经过和告别、到达和起程。每一天我都会在闹钟响起前醒过来，拉开窗帘，看见蓝黑色的神秘天空。没有集市，没有人声，它兀自地低头凝视万物，我从冰凉的洗脸水中抬起头来，想起凌晨四点的北京。

依然的灯光恢宏，依然的人声鼎沸。

当时是初冬，我哆哆嗦嗦地和一群朋友坐在街边吃烧烤。天色也是那样的透蓝，像飘浮在半空中的绸缎。

当时那群朋友里，有一个我曾以为是生命里最重要的人。

心里忽然就浮出一个念头，武汉是我的家乡，北京是我的远方。

在两者间往返频率太高，以至于我有时候甚至会混淆，究竟哪个是起点，哪个是终点。

直到有一天，我不再去北京。也开始畏惧出行，变成彻底的御宅族，安分地来往于家和公司的两点一线。与外界的沟通全靠网购和快递员。

生活的节奏变得单一而执拗，我以为无法再适应于随时就要上路的旅行。可是走过沙漠、峡谷，穿越了戈壁滩，翻过祁连山脉，见识过城市里没有的浩瀚河山、星垂平野，我才发现，自己所迷恋的不是北京这座城市本身，也不是我以为重要的那个人，而是每次出发时就知道自己将会回来的笃信，是即使走得再远也要回到起点的宿命。

这里的昼很长，夜很短。七天八夜的旅程好像被拉长至半个月。

经过雪山回到西宁，接着离开西宁的那一天，气温从雪山上的零下一两摄氏度升到中午的二十五摄氏度，就像几小时内穿越两个不同国度。

到达西宁机场时是下午三点。航班延误半小时。我坐在机舱里看着航站楼上空巨大的西宁两个字，很多次也这样凝视过北京两个字。它像一个滚烫的符号烙在我那几年的生命里。

我问爸爸，我真去北京定居好不好？

他脸上依稀划过伤感，但还是说，去吧，要是留不下就回来。

妈妈则说，那你把狗也带去，我们才不要伺候它。

等到我把狗放进行李箱，嘻嘻哈哈地指给她看时，她思索了一下，问我，要不买个更大的箱子把她和我爸都装进去。

这是我频繁地去往北京的第三年。

而前两年我们之间的对话并不是这样。爸爸得知我又要出门，总会没好气地吼起来。妈妈也会皱着眉头说，又要去啊，多久呢，我还不会调那个新下的游戏呢？

而我也会负隅反抗，要么和爸爸对吼，要么歇斯底里地质问我妈，难道我的前途还不如一个破游戏吗。

几乎每次去北京，都是一场不欢而散。

那时我畏于北方的寒冷，也惧怕知己无一人的惨淡。可是依然每天跟打了鸡血一样穿梭在地铁和人群，跟各式各样的人打着交道，有时离我想要的生活很近，有时觉得离梦想更远。可是，从没想过要回来。

每次离开北京，有时从高铁站走，有时从机场，我都会在出发前抬头看一看北京两个字。大多数时候都会忍不住哭起来，怕再也来不了。

有一次在电话里说，不想再回武汉。

当时话筒里沉默了很久，我几乎以为断了线，正疑惑着要不要挂掉的时候，忽然听见妈妈说，其实我今天去邮局给你寄衣服了，就是怕你不想回来，又没衣服穿。

不管过去多久想起这句话，依然泪如雨下。因为就在她说这句话前还在催促我尽快回去。我却不知道，家人的容忍到何种地步。

就像沙漠，它柔细、绵软，而又无穷无尽。它可以吞噬一切，也可以包容一切。

三千五百公里的环线之旅，处处都是风光。掏出手机随便一拍都宛如明信片上的绚丽风景。

戈壁滩上有无数美丽的石子，还有珍贵的玛瑙。躺在月牙泉边仰望天空能看见一片银河。拿着小手电，坐着小板凳能在莫高窟里待上好几天，好几年。可是我已经不再留恋千年前的神奇瑰丽，也不再囿于生活之外的美景惊喜。

从起点回到起点，才是旅程的意义。

我们为什么要对陌生人涌泉相报

我们习惯于对陌生人呈现自己的慷慨，却吝啬于感恩身边的人。

我们迷恋霎时的烟火，却对真正陪伴夜空亿万万年的星辰忽略不计。

我们在生活里踽踽而行，对已经拥有的习以为常，对偶然一见的视若珍宝。

01

阿圈突然在微信上给我转了一笔钱，金额跟我上周刚给她的新婚红包一毛不差。

我心里咯噔一下，还没想好怎么问，她又发来语音说要约饭。

天寒地冻，路远人忙，真心不想去。

但莫名有种感觉，要是我今天爽约，十几年的感情可能就要打水漂。

果然在我落座不到五分钟，阿圈踩着高跟鞋，咔嗒咔嗒地走上小阁楼，脸色阴沉得好像分分钟要拉手榴弹跟全世界同归于尽。

她把手袋往我身边一扔，夺过我的杯子猛喝了几口，整个人才稍稍服帖下来。

我小心翼翼地把菜单推过去，要不，先点菜？

她接过去看了一眼，不到两秒就抬起头来，开口第一句话就是，你说他至于吗！

阿圈说，我不就是跟人吃了顿饭而已，又不是开房！

她只要一激动根本控制不住音量，我不看都知道隔壁桌的耳朵全竖起来了。

男的？

男的！

单独？

单独！

就吃饭？

就吃饭！

你买单？

对啊，我买的！

问到这，我基本上明白症结出在哪。我扬扬眉问，人均一百元以上吧？

阿圈终于摇摇头，伸出四个指头。犹豫了一下，又伸出五个。

我去！我往前凑了凑，尽量压低声音，阿圈，你不会真移情别恋了吧？

她换了一副要跟我同归于尽的表情，我才重新靠回椅背上，一边叫来服务员点餐，一边听她的自辩发言。

事情是这样的，阿圈那天临时被老板叫出去见客户，并特地叮嘱她把合同拷到 U 盘带过去，以便趁热打铁把对方拿下。

结果粗心的阿圈捧着文件夹就下了车，活生生把自己的手袋忘在了出租车上。其实手袋里现金没多少，也没什么证件之类的，手机也在手上，但丢了 U 盘这趟算是白跑了，还要挨那个出了名的"巫婆老板"一顿骂。

阿圈一路上打了 N 个电话，什么电台热线、出租车总服务台，她万念俱灰地到达约定地点楼下时，忽然冒出个男人跟她问路，她的原话是，老子当时只觉得天旋地转，谁能给他指路啊！可是没想到，皇天不负可怜人，他手上拿的名片就是我客户的！他手上抱着的手提袋就是我的，他问路是因为他正准备给名片上的人送去。

阿圈说，我都感激得恨不得给人跪下了。所以，最后我只好请人家吃个四百八十八元一人的自助餐。

结果她男友知道这事以后，整个人就炸了。

两人吵得不可开交，最后她男友说了一句，你怎么不干脆以身相许呢？于是阿圈甩了他的钻戒正式翻脸。

她边哭边骂，骂累了就吃两口，吃饱了就接着骂。

我问她，想好了，真要分？

她就不骂了，一个劲地哭。

阿圈跟她男友在一起时，他们都是学生，穷得叮当响。但约会时男友从没让她掏一分钱。别说四百八十八了，就连四块八的公交车钱也没让她付过。

可就为了谢一个陌生人，她花掉将近半月工资。

我问她，你真不心疼？

她哽咽着点点头，但很快又抬起头反抗，人家帮我那么大忙，我总要好好表示表示啊！

我说我也听你发泄了一晚上，那这顿是不是……

当然是 AA！她看了一眼小票，立刻从钱包里掏出金额的二分之一。

02

我说你一晚上骂的脏话够写一部《史记》了。要不你歇口气，我给你讲个故事。

其实是个同事表妹的八卦。

　　三年前表妹高考那天下了一场命中注定的倾盆大雨，她独自赶赴最后一场考试的路上被大雨所阻，眼看就要迟到了，一边蹚水一边哭。这时路边有个骑摩托的拉风小青年二话不说拉上了她，沿途跟洒水车似的，把两旁行人都浇了个泥巴浴。但这都不算啥，重点是表妹及时进了考场，出来第一件事就是找到这个青年，说要好好谢他。

　　这一谢，就跟白娘子报恩似的，没完没了，最后把自己搭进去。

　　两人的生活和性格都南辕北辙，就凭着这点缘分硬凑在一起，之后吵的架比吃的饭还多。

　　不过和大多数类似的组合一样，就是分不掉。

　　每次吵架两人都像是不共戴天的仇敌，恨不得掐死对方而后快。可是不管撂下多恶毒的狠话，到最后，气撒完了，还是会不由自主地抱在一起。

　　而且每一次，都是表妹主动的。

　　用她的话说，就是只要回到他们第一次见面那个姿势，她坐在摩托车后座，紧紧搂住他的腰，整个人就会像吃了定心丸一样安静下来。

　　她会把头搁在他肩上，闭上眼睛，想象他为自己披荆斩棘，为自己冲锋陷阵，为自己所向披靡。

　　他们恋爱后，小青年最喜欢做的事情就是带她飙车。他带她呼啸于无人的地下隧道，他带她驰骋于午夜的机场高速，他带她奔往日出的方向。

对小青年而言，那天也是他人生里牛逼闪闪的抛物线顶点。就算把路人都喷了个遍，可那又怎样，当时警察叔叔也要让他三分，何况表妹眼里的感激像划亮黑夜的焰火，让他见识到更恢宏的天地。

他们相爱相伤，只能在回忆里握手言和。却忘了他们本来就是陌生人，擦身而过才是最好的结局。

03

说到这就不能不提我一远房亲戚，他前段时间忽然联系我，问能不能介绍一朋友来我在的公司上班。

我以为是女朋友，说你让她加我微信呗，正好在招前台。

他说不行，大小也要是个领导。

我一听就觉得不对，他自己常年都没份正经工作，现在却一门心思给别人找工作，一开口还是经理级别。

后来细问才知道，他跟那人是在公交车上认识的。

那天一大早他被姊姊从床上拖起来，让他去早市上卖菜，谁知道现在许多公交车都不乐意搭载像他这样的农民工，根本不给开门。

他就这样等了一辆又一辆，腿都站僵了，直到一个小伙子在前门刷了卡，却故意说要从后门上，他这才跟着他上了车。

当时就感激得握着人家的手不肯放，说什么也要好好感谢他。

一听说那人正在找工作，他就上了心，给包括我在内的各路亲戚朋友打电话，职位也都要得挺高。

挂了电话亲戚就把我拖进微信群，里面除了他俩，还有那人做微商的老婆。

表哥硬是拖着我买了两盒面膜，私下跟我说这钱他来出。

不仅如此，表哥还天天给他们的"宝宝大赛"投票。

说起来那人也还算幸运，面试挺顺利，很快就跟我做了同事。

我问表哥打算怎么谢我，没想到他反问我，大家都是亲戚，互相帮忙不都是应该的吗，你还好意思让我谢？

04

故事讲完了，隔壁桌的客人也走得七七八八了。

我掏出钱包准备拿另一半钱出来凑单，却被阿圈按住，你说了这么一大串不就是让我请客吗？

我忍不住笑，有那么明显吗？

从餐厅出来我冷得就像被扒光了衣服扔在泰山顶峰，整个人就要没知觉了。

走了好一会都没打到车，我快冷哭了，阿圈却忽然停下来叹口气，我一个连买三百块钱的面霜都犹豫不决的人，为什么会眼睛都不眨地请一个陌生人吃顿将近一千的饭。这么急功近利地想要报答，究竟是表示感激，还是为了撑住面子。

其实我们为什么要对陌生人涌泉相报，也许这就是人性。

我们习惯于对陌生人呈现自己的慷慨，却吝啬于感恩身边的人。

我们迷恋霎时的烟火，却对真正陪伴夜空亿万万年的星辰忽略不计。

我们在生活里踽踽而行，对已经拥有的习以为常，对偶然一见的视若珍宝。

也许要蹚过更深的河，到达过更远的彼岸，才会在陌生人的善意面前卸下浮夸和执念，从容地致谢和告别。

为什么美女都爱渣男？

就像拯救与被拯救、托付与被托付，都只会让爱情畸形，
你以为感天动地，其实只是感动了自己。

01

你们身边有没有这种例子。

好端端一个女孩子，肤白貌美气质出众，能力有目共睹，偏偏跟已婚男人纠缠不休，耗尽青春作困兽斗。

或是走不出前任出轨阴影，纵情声色许多年，最后还是嫁给这个曾经背叛的人。

又或是，被伤到体无完肤，还是认定对方做良人，企图用真爱让对方脱胎换骨。

02

我一个远房阿姨，记忆里中她贤惠温柔，对任何人都是一团和气，从不与人为难，做一手好菜，和那个年代大多数女性一样，勤劳质朴。

平时除了去厂里上班，也没特别的爱好，无非看看电视，打打毛衣。小时候我最期待跟着妈妈去蹭饭，她总能把极简单普通的家常小菜做得余味绕梁。

那时我以为像她这样能把一碗蛋炒饭做得活色生香的女人，肯定也能把日子过得有滋有味。可没几年传来她离婚的消息，原因是她老公常年赌博，输光了家中存款和她的嫁妆不说，还变卖了家具电视，甚至连表哥的学费也没放过。

家里姐妹一早就劝她离，可她不肯，总说出嫁从夫，他以后会改好的。后来反而是她老公提出离婚，据说外面的年轻妹子被他弄大肚子，回来就逼她签字，放话说不签就骚扰她全家！

那年她三十八岁，没了房子也没了儿子的抚养权。一夕之间，苍老数岁。

后来她租了个小房子，又在一园林场谋了个做饭阿姨的差事。过年时我们买了东西去看她，房子一如既往地整洁，我记得我当时已经开始写字挣稿费，给她买了一条羊毛围巾，她哭了，紧紧把我搂在怀里。

没一年听说她交往了男友，我本来很替她高兴，但见过男人一面后，我就生出厌恶。

男人是个普通的货车司机，常常要跑长途，因此总一副风尘仆仆的模样。他在院子里玩牌，嘴里叼着烟，输了钱就骂骂咧咧。阿姨说他，他就不耐烦地挥挥手，你懂什么，有火才能旺运气！

可我表姐捂着鼻子去说他，他立马就换了副笑脸，立刻灭了烟头，从牌桌下来就跟表姐聊天，问她的学校，问她有没有男朋友。我当时不愿意用恶意去揣测，可从表姐频频皱眉的表情，我知道她跟我感觉一样，这活生生一副跟年轻女孩搭讪的架势，难免让人觉得轻浮。

回家后我跟妈妈说了这事，让她提醒阿姨。可妈妈说她们也都觉得这人不靠谱，可架不住阿姨喜欢。

阿姨是真的喜欢他吧，在一起没两个月就住在一处。她担心老公喝酒伤肝，特地打电话问我能不能找同学代购国外的护肝补品。

我说那牌子挺贵的，一瓶才吃不到三个月，得知价格她也吓一跳，以为她会放弃，或者问有没有别的替代品，但她说，我就要这种，明天就把钱转给你。

家里人合计他们俩就这样住在一处也不合适，就催促阿姨说不如领证吧。老一辈的思想总是这样，哪怕这个男人诸多不是，也聊胜于无。我本能地反对，但无济于事。直到又到年里，亲戚们聚在一起，才从大人口中得知，阿姨没能领证，因为那个男人还没跟前妻正式办理离婚手续。

随着这条缝隙撕扯开，阿姨和我们又知道另一些真相。他不止没离婚，还有三个孩子。日前阿姨把仅有的二十万存款给他买了一辆大货车，他挣了钱却没给阿姨一毛，都用来养三个孩子还有前妻。

姨婆边说边流泪，全家大多沉默，只有我妈那一排的姐妹说，得劝阿姨跟他分手，否则这日子还怎么过？

意料之中的，阿姨不肯。她不激烈反驳，也不为自己争辩，沉默地挺着。

最后一次我们聚会，她姗姗来迟。头发花白了许多，眼眶凹陷得厉害，跟外婆坐在一起仿佛同龄人。她说男人外面有了小三，她去求他回来，结果挨了打，舅舅忍不住骂她你这么贱，不就是个男人。你没男人会死？

阿姨哭了，这是我第一次看见她哭，她说你们都有伴，怎么会懂我？我就是不想一个人，我需要他！我没他就是会死！

从那以后我再没主动问过阿姨的境况，想起都觉得凄凉，又有种恨铁不成钢的隐恨。她几个姐妹也没再劝，大约是家庭美满如她们，被阿姨最后哭诉的那句话震得不敢再多言。

舅舅提起她也只会连连叹气，语中多了体谅，女人老了，是怕孤独。

这句话深深留在我脑海里，总在某个不经意惹起叹息。

03

前几天刷微博看见一条新闻，某中国女留学生被外籍男友殴打致死。

她被施暴的理由仅仅是因为她手机上有另一个男人的信息。据报道，她是公认的才女，会四种语言，十五岁就到牛津求学，毕业后又到卡迪夫大学念国际商务硕士。

是在酒吧邂逅了空手道黑段男友，两人很快就确认了恋爱关系。据法庭透露，她的男友暴力、嫉妒，且控制欲强烈。朋友们都说这样的男人不值得女生爱和付出。据朋友说，女生身上常有淤青伤痕，然而他们始终纠缠，直到悲剧发生。

网友们有愤怒也有惋惜，有不平也有冷眼旁观。但更多的是为女学生传言中显赫的家庭所震撼，更让人不解的是，如果真如传闻所说真是百亿级富豪千金，自己又博学多才，怎么就认不清这么一个对自己拳脚相加的渣男。

用一个网友的话说，她分个手不就跟我们拔根头发一样简单吗？

是啊，她不老不丑更不穷。以她的条件选择空间轻易甩出我阿姨一个银河系。

可为什么最后还是落得惨烈下场？

04

这些年网络上流行着一个热门词汇，渣男。

也有人倾诉、描写了数不尽的渣男故事，由此延伸出来的还有凤凰男、极品娘炮等等。

打开社交软件也经常能看见有公知用长篇阔论教导不谙世事的女孩，如何识别渣男，如何对付渣男。孜孜不倦，苦口婆心。

然而收效甚微。

我通过发小认识了一个女生，微信昵称幼微。她结婚时请我去帮忙跟拍婚礼，因为她想省下这笔摄影费用，减少喜酒开销。发小出面说，让我就当练练手，私下转给我一个红包。

去拍之前，我跟发小和她见了一面，第一印象不算差，是个圆圆脸、眼睛大大的女孩，看起来很有福气的样子，她跟我说了酒店位置和对接伴娘联系方式就匆匆走了，说是要开车去接准老公下班。

她走以后，发小又点了一壶茶，说她心里其实挺堵得慌的。我问原因，她才告诉我，她觉得幼微的未婚夫不是个好男人。

说来话长，她只捡出几件印象深刻的事情。

幼微跟未婚夫是玩 QQ 漂流瓶认识的，两人因此搭上话，从网络到现实，天雷勾动地火般一发不可收拾。

见面第一天晚上两人就发生了关系。一个月后未婚夫哄着她送了一部新款苹果手机。那时她自己用的是一部不到两千的国产机。

幼微家里并不富裕，而且是单亲家庭，母亲常年需要服药，有次高血压犯了，她着急地给未婚夫打电话，结果对方死活没接，她只好四处求助邻居，这才救回妈妈一命。事后她才知道未婚夫打游戏大战正酣，懒得理自己。

男生贪玩也很正常，幼微事后帮他辩解。

除此之外，幼微找发小倾诉最多的就是对方又不接电话了，对方又不知所终，每个月总有那么十几天失联。发小给她支了个招，果然就试探出未婚夫是约了别的女网友见面，甚至开房。

发小气愤不已，当即劝她分手，还要把送给他的笔记本手机衣服鞋子都收回，不能卖二手的就扔垃圾堆，总之不能便宜这个渣男，可幼微不肯，她甚至找出那个女网友的 QQ，进空间看对方照片，得出对方其实各种不如自己的结论。她甚至自信地说，未婚夫只有对比以后，才会更加肯定自己的好。

发小差点吐血三升。

后来幼微出了一场不大不小的车祸，住院三天。她每天都给出差在外的未婚夫打电话，通话时间长达十几小时，发小问她是不是怕未婚夫在外面乱来？结果幼微摇摇头说，哪怕有好几小时那边都没声音，但只要通话没中断，她就会觉得安心。

从那以后，发小就没再过问他们的事。听说了结婚的消息，她只说了句恭喜。听说幼微婚礼全都是她家出钱，包括婚纱照和蜜月。男方家就出了个老房子，连重新装修都说没钱。为了让幼微有个过得去的婚礼，既省钱又能积攒回忆，于是出面找我帮忙跟拍婚礼。

我听完只觉得庆幸幼微和我只是普通路人而已。拍完照片刻了碟寄给幼微，就迅速地删掉了她的联系方式，退出婚礼筹备群。

坦白说，对这样盲目的爱情，我总忍不住心生鄙夷。

05

父母年轻时有首流行歌《杜十娘》。

歌词曲调凄美动人，缠绵悱恻。她呢喃清唱，每句"郎君啊"都深情款款，百般讨好，可她付出所有，换来的只是绝望，最后抱着平生积蓄百宝箱怒沉江心。

这一世温柔错付，爱如草芥。

凄惨如我阿姨，如那个异国惨死的才女，我希望幼微能有个好结局，尽管十分微茫。

就像幼微笃定地说，自己比未婚夫外面开房的女人要美丽优秀，总有一天未婚夫能懂她的好，就像所有爱上浪子的女人都笃信有一天对方回过头来感动不已。

每个爱上渣男的女人，其实都比我们这些看客更了解与自己同床共枕的人，拥有怎样一副自私肮脏的灵魂。可她们总坚信自己有能力改变和拯救。

我阿姨明明可以靠双手养活自己，实现现在很多女权者所谓的经济独立。留学女学生更不必说，可她们对男人或者爱情的依赖是存在骨子里的，认定自己一个人过得再好，都不算好，一定有另一半在侧才算完整。

她们的共同点就是精神上从未独立，哪怕家世再显赫、存折再丰满、外表再出众，内心依然是个婴儿，渴望持续被陪伴、关注、保护。也渴望证明自己的价值：通过改变一个男人，或者长久地把他留在身边。

把所有的爱和生活都寄托在另一个人身上，既可笑，又悲凉。

因此我很不喜欢"托付"这两个字，"找一个可以托付终身的男人""我把女儿托付给你"。

女人从来也不是寄居物品。互相托付是巨婴才做的事情，每个成年人都应该拥有独立的灵魂，对于爱情我更向往"余生共指教"。

《简·爱》写道，爱是一场博弈，必须保持永远与对方不分伯仲、势均力敌，才能长此以往地相依相息。因为过强的对手让人疲惫，太弱的对手令人厌倦。

就像拯救与被拯救、托付与被托付，都只会让爱情畸形，你以为感天动地，其实只是感动了自己。

- **你以为我懂事了，其实我只是放弃你了**

即使晚睡，也别打扰谁

你的不安寂寞和情绪低落，是只属于你自己的冷炙残羹。总不能要求别人像对法式大餐一样充满期待和包容。

说到底，没人应该为你的脆弱买单。

01

我有两次被深夜来电炸到的经历。

一次来自主管 Mrs 阮。漆黑眼线、烈焰红唇、细致服帖的 OPS、小羊皮及踝靴和手包是她日常标配。整个公司宛如她的小型秀场。

尤其是那张不苟言笑趾高气昂的脸，就像刚从米兰 T 台上剪贴到我办公桌对面。

更重要的是，谁也不看出她已经六十二岁。

隔着重重遮瑕和粉底，我们都只能看见饱满的苹果肌和不过四十出头的小细纹。

每周一例会上，她都将作为本周业绩最佳员工上台领红包，中气十足而饱含柔情的发言就会像一剂兴奋剂一样被推进我们耳朵，渗透到大脑里的每个角落。

在别人都对客户百般讨好、卑躬屈膝，恨不得整个人都像八爪鱼一样黏在客户身上时，她不费吹灰之力地就成为女客户和男客户老婆的闺蜜，她们携手下午茶、做 SPA，俨然亲密无间的姐妹花。

每逢佳节，公司都会准备厚礼作为维护客户之用，其他人都争相抢夺，只有 Mrs 阮收客户的礼物收到手软。

连年轻貌美的销售精英都忍不住捧镜自问，难道看脸时代已经一去不复返。

在公司举办各种论坛及峰会的同时，Mrs 阮就会私人开展女性气质研修课堂，她的演讲就像是装在高酒杯里的红酒或者西餐盘里的乌鸡汤，端起来是面子，滋补的却是心灵。

四十年爱她如一日的老公和被她亲手带大并培养成知名医科教授的弟弟成为她演讲长胜的题材，无论重复多少次都毫无防备地击中在场所有人。

如果说这两个人是她灵魂深处的定海神针，那么她的儿子，就是不堪一击的龙王三太子。

他二十二岁第一次自己下厨煎鸡蛋，手指烫出一颗小水泡，收到的安慰礼物是 Mrs 阮一个月奖金换来的限量版运动鞋。

在他的十年手机生涯里，从没自己充过一次话费，没有自己洗过一件衣服，哪怕内裤。Mrs 阮每周五下班后就会赶往他的研究生宿舍，收拾出一大堆臭衣服，再把干净的换上。无论是四十摄氏度高温，还是零下十摄氏度严寒。

这个儿子是她唯一的软肋。

作为她的助理，在享受了诸多"福利"之后，自然也会收到她一些超出工作范畴以外的要求，比如说，替他儿子订机票。

深夜十一点，她的来电像狂风骤雨一样响起——自从成为她的助理以后我就被要求二十四小时不能关机。

我告诉她第二天的机票全部售罄，只能改期。谁知道她忽然就咆哮起来，不可能，我不相信飞机上那么多位置全卖光了！一定还有！你给我找！

我只好镇静地回复她，那我打电话到航空公司问问。

挂了电话才想起早已过了工作时间，自然无人应答。

于是十二点，她的来电再次响起。

在许多次吃饭、洗澡、遛狗、看剧的时候接到她的来电后，这一次，我感觉自己被雷劈中了。

我摁下关机键，第二天在她气急败坏里递出一张疲惫不堪的辞职信。

02

第二次是友达以上恋人未满的男性朋友拨来电话。

同样是夜里十二点。我刚就着一本生僻的古书昏昏欲睡，电话铃声就像地动山摇一样响起来。

那边语气有点沮丧，说睡不着，问我能否聊聊。

我按捺住不快，用懒懒的语气婉拒，我已经很困了，改天好吗？

原以为这样就算结束，没想到二十分钟后他再次打来，哀哀乞求，你怎么没关机呢，睡觉就要关机的呀。

我只好再次耐心解释，一来我没有这习惯，二来担心家里有事找不到我。谁知道他竟然委屈起来，可是你不关机的话，我会忍不住一直给你打，怎么办。

这就像你去游泳池对一个女生说，麻烦你披上大衣行吗，不然我会忍不住做出伤害你的事情一样令人发指！

他说完那句话，我感觉天灵盖都被掀翻了，恨不得把所有歇斯底里的谩骂变成硫酸毒液狠狠扫射他的脸。

03

我从没想过和 Mrs 阮还有后续。

两年后她出现在我现在的办公室里，打扮依然干练华贵，笑容完美，谁也不会想到她也曾有过歇斯底里的午夜。

她看见我非常开心，亲热地迎上来握住我的手，就像久别重逢的闺蜜。

原本我不打算再提起之前的离职往事，没想到她主动说了句抱歉，她说那段时间她真的脆弱不堪，却又无能为力。

老公住院，老弟被骗，她同时奔波公司、医院和警局。一时顾不上儿子，没想到他交了一个来留学的洋妞。一往情深之后，对方却说走就走地回了国。

她儿子伤心欲绝，她心如刀绞只好全力支持他去美国挽回女孩。

然而儿子除了哭泣绝食，连订票和办理签证都要依靠她。

因此在收到我无法成功订票的答案后，她整个人就爆发了。

她在餐桌下交叠着双手，脸上终于有了六十岁老人的哀愁。

04

其实说起来我也有很多个失眠时翻遍通讯录也不知道打给谁的茫然。可是与孤独的不安相比，我更担心那边响起挂断或者愠怒的声音。

毕竟，你的不安寂寞和情绪低落，是只属于你自己的冷炙残羹，总不能要求别人像对法式大餐一样充满期待和包容。

说到底，没人应该为你的脆弱买单。

不管你是感情无处寄放的荷尔蒙男生，还是暮色降临的女强人。

爱一个人究竟
要花多少钱

爱一个人究竟要花多少钱

我确信这世上仍有刻骨深情，只是它大多以令人失望
的姿态出现。

01

和大米恋爱那会，小I每个月零零碎碎所有收入加起来不
到三千元。

但和跟人合租在一间不足三十平方米，连洗手间和厨房都
匮乏的旧公寓里的大米先生相比，小I觉得自己简直是个闪闪发
亮的贵族。

那段时间，她几乎包揽了大米所有的开销。小到内裤袜子，
大到房租外套鞋包，为了让大米找工作时看起来更有底气，小
I拿出当月所有薪水给他买了一双限量款的帆布鞋，并辗转托付

朋友从香港带回 CK 基本款手表。

看着站在自己身边焕然一新的大米先生，小 I 骄傲得两眼冒泡，连吃泡面啃烧饼都品尝出日式猪排面和芝士披萨的味道。

小 I 跟我说，那时两人真穷啊，想要过个二人世界也舍不得去宾馆，得瞅到一个周末，跟室友商量让他去网吧包个夜，才能换来两人独处的空间。

很多次小 I 在潮湿发霉的味道里醒来，看着身边熟睡的大米，他穿着自己亲手选的软糯棉 T 恤，扑面而来的好质感，觉得甜蜜又心酸，忍不住把头更深地埋进他的臂弯里。

没多久大米的工作走上正轨，收入也逐渐稳定起来。在小 I 的熏陶下，大米决定不再委屈自己，搬离那个促狭的公寓，租下一间温馨的小居室。又置办了电脑和音响，花掉整月薪水外加年终奖金。

大四时，小 I 已经很少去学校，她把大多数的时间都消磨在大米的房子里，像个菲律宾女佣一样卖力地跪在地上擦拭屋子前主人、前前主人留下的斑驳，所有肮脏糜烂的边边角角逐渐焕然一新。

小 I 累得整个人都恍惚起来，仿佛置身于自己和大米的婚房，窗外阳光灿烂，房间整洁如新，生活仿佛是初升的太阳，那样明亮。

大米提过好几次，让小 I 直接搬进来，但小 I 是父母同住的本地人，家里的房子自然更加宽敞温馨。只是小I偶尔留念大米床上的气息，每个深夜都舍不得回家，直到把大米哄睡着，她才一个人蹑手蹑脚地锁上门，再搭一班午夜巴士回家。

小I说，那一阵的夜风特别清冷，她靠在车窗上看见次第熄灭的灯火，内心却从未有过如此安宁丰盛，每晚回家都要再看一眼银行卡上的数字，好像那就是她跟大米的幸福基数，只会源源不断地叠加。

半年后，大米辞职了。他说原来单枪匹马地闯荡是这样辛苦，他哭着说撑不下去，决定听从家族里大哥最初的安排，去地方一个农业采购公司上班，他说，离这座城市不过三百来公里，工资还多一千元，小I你会支持我的对吗？

三百公里，不算远。小I挤在逼仄的车厢里想，她舍不得花钱买坐票，尽管之间的差额还比不上她从前的一只手霜。

大米说，进来才知道，这边的人全都是关系户，我大哥的关系根本不牢靠。他说，小I你能不能借我点钱。后来，他说，小I这样，你帮我办张信用卡。

那一年还没有支付宝，小I只记得某个气温高达四十度的夏日午后，她被大米的电话吵醒，对方用近乎哀求的语气说，银行催我还款呢，你能不能先去银行替我还八百元。小I也不知道自己哪来的勇气，她说，我没有。

　　大米求她，你认识那么多人，去借一下行吗？我真的没办法了。

　　小Ｉ没来由地觉得冷，关上空调就出了门。依然舍不得打车，绕了许多远路，才来到大米指定的银行，她沉默地从包里掏出八张像刚出生的鸡蛋般崭新的票子，当 ATM 机传来心满意足的轰隆声时，她突然蹲下身，崩溃大哭。

　　小Ｉ后来跟我说，是在那一刻，她才突然想起，在一起两年，大米没有送给她任何礼物，偶尔吃饭买的单都在五十元以内。这两年里，也曾有闺蜜不断地质疑，可她认为爱一个人就是付出，付出感情，付出身体，付出时间，付出金钱。

　　可是，她毕竟没那么伟大。

　　分手后两年，大米再遇上小Ｉ，他目光低垂，满眼懊悔，说当时不懂得珍惜，现在终于明白对自己最好的人是谁。

　　小Ｉ摇摇头，你也不用对我惭愧，也许那时的我根本就喜欢被你浪费。

02

　　明朗已经连续两个晚上，因为生病而无法入睡。

　　夜里，听到自己因为无法呼吸，必须像鱼一样翕动嘴唇。喉咙里像是有火苗在燃烧。周围一切都静止，没有灯光，没有音乐，没有人说话，只有耳中一片轰鸣。针头刺进手背的时候也昏昏沉沉地忘记闪躲。

没有人在旁边，他想要一杯清水，回应的只有巨大的黑暗。他摸到手机，想要发条消息给小智，问她可不可以来看看自己。然而编辑好了又选择撤销。

知道再也睡不着，只好打开电脑，随意选了个综艺节目来放。他的手指轻轻摩挲幽幽暗暗的键盘，想到这是小智曾经抚摸过的地方，没来由地觉得刺痛。

想起小智来公司面试时在楼下差点撞到他，抱歉过后，又一脸明媚地询问，请问一下，XD公司是在三楼吗？他当时恍惚地点点头，小智便爽朗地笑笑说，谢啦。

直到她已经消失在楼梯转角，明朗耳边还一直回荡着，那句，清甜脆爽的，谢啦。

明朗从没指名道姓地表白过，可是公司视力0.5以上的人都能看得出其中呼之欲出的爱意。

那天中午，他们几个在顶层吃快餐，有跟小智关系甚笃的女同事忽然问明朗，你知道小智每个月开销几何吗？她身上这件羊绒大衣就是你半个月工资。人家一枚小小的化妆镜都够你吃一整个星期的麦当劳。你真的想好了，还追吗？

当时小智不动声色，明朗却像表忠心的臣子，毫不避讳地说了四个字，我养得起。

　　惊讶中夹杂着莫名赞许的目光齐刷刷地投过来，就连小智也从未如此认真地端详过这个年轻得可以称之为少年的男同事。他眉宇稚嫩，表情却坚定，一下子就俘获了小智的心。

　　他在同小智在一起的第二个月就给她买了新电脑，因为她抱怨过一次家里的苹果笔记本已经用到卡壳。只要发现小智在刷淘宝，他就会蛮横地抢过手机，然后把链接都发给自己。接下来的日子，小智只需要安心地等快递。

　　关系好的同事们私下聚餐最喜欢叫上小智，因为她只爱青菜和豆腐，从不沾荤腥，所以 AA 起来能占一点小便宜。但自从有了明朗，再也没让她掏过一分钱。

　　明朗说，有我在的时候，你掏出钱包就是啪啪打我的脸。

　　小智要跟闺蜜出去旅游，抱怨那两个有钱闺蜜抠门得只肯订青旅，明朗便在机场递给她一张信用卡，要是住得不舒服，就带上她们一起住好点儿的酒店。

　　也会吵架，明朗像个黏人的小男孩，小智却享受独处的快乐。因此常常争吵，一言不合，明朗就带她去买礼物，戒指、围巾、香水、口红，是午夜八卦帖子里常见的霸道总裁路数。

　　不过明朗并不是总裁，更算不上富二代。他只是有两套房子出租的普通人，靠着压榨自己的物质欲望，满足小智的一切要求。

　　明朗发觉不对劲，是在一个下午，小智在副驾上聊微信。

等到明朗把她手机骗过来偷偷一看，聊天记录已经被清空了。他的心一下子就像是没背降落伞的坠机者，空落到极致。

小智还算坦然，她说，对不起，我不爱你了。眉眼间并没有留念。明朗只觉得眼眶刺痛得快要睁不开，他想问很多问题，可是一开口却是，那我在你身上花了那么多钱，怎么办？

我还你。小智依然轻飘的语气，她说，就从这部手机开始。她拿出电话卡，把手机轻轻地塞进明朗的包里，她说，剩下的，我寄给你。

果然陆续收到快递，明朗神志开始崩溃，他开始疯狂地给小智打电话，永远都是关机。他去找她，没人在。他发现她辞职以后，就像是人间蒸发？

心口痛得没法呼吸，但却忍不住开始咒骂，他给她QQ上留言，你身上的内衣、你吃过的沙拉、你穿旧了就扔掉的鞋、你家的电费、你爸妈的保暖内衣、你们炒菜的橄榄油，请你全都还给我啊！

还给我。明朗在凝重的夜色里呐喊，你把我的心，还给我。

他听见眼泪滚落的声音，又听见泪水被自己滚烫的肌肤蒸发殆尽。

他努力地吞下一颗药，安慰自己所有的痛苦和委屈，要大病一场才会好。

03

年轻时我也鄙视过一些但凡吃饭看电影就打开团购的男生，尤其是当明明很想吃的餐厅没优惠，就扭头去找打折餐厅的那一类。

我也曾花掉整月薪水给喜欢的人买一只手表。也有宠爱我的伴侣愿意花掉半年薪水来讨我一笑。

经济宽裕的，总能在物质上把你照顾周到；口袋贫瘠的，只能畏畏缩缩连看菜单都要烦恼。

我不知道有没有人计算过，谈一场恋爱究竟要花多少钱。

有男生冠冕堂皇地说，不是不肯花钱，只是不乐意帮别人养老婆。多理直气壮的一句话，其实说到底，不过是吝啬又自卑，凡事斤斤计较，恨不得付出一分一厘都要百倍回报。

感情从来不是一场投资。付出再多爱意，也未必换来一个心动的眼神。何况花出去的钱，说到底，从没人逼你。

其实我想告诉明朗一个秘密，有些女生愿意坦然地接受你的礼物和物质上的照顾，恰恰是因为她爱你。

"不好意思，我老公不喜欢我坐别的男人的车"

我希望你在遇见爱情之前，先遇见自己。

01

最近赵美荣提起她老公的频率，从平均每天五十次下降到了十次，同事们一问才知道，她老公去了北京。

是突然决定要去那边创业，开间烤肉店，已经离开长春整整一个月了。

听完这个消息，几乎人人表情都像滚弹幕一样跑过，Excuse me？

美荣今年三十六岁，老公四十二岁，是通过相亲认识的，结婚不过一年半。两人在长春有车有房，美荣正积极备孕，可她老公说去北京当晚就订了机票，临走前还叮嘱美荣，在家好好调理身体。

同事听了恨不得吐血三升，你一个人还备哪门子的孕。喝口水冷静下来，开始苦心婆心地劝，你们才结婚一年就两地分居，不会担心影响婚姻的稳固吗？再说了，要是你们都是二十出头，换个城市闯闯也无可厚非，但这把年纪再换个城市从头再来，你老公咋想的呢？难道偌大的长春就容不下你们的一间烤肉店？

同事含辛茹苦说了这么大一篇，美荣倒是听进去了，但只能两手一摊地反问，我倒是想反对，可我说的话有用吗？

同事顿时哑口无言，只能讪讪地闭嘴。美荣低着头开始默默流泪。

同事其实很想问美荣，你现在还觉得你老公爱你吗。又怕太伤人，只好忍回去。

就在两个月前，美荣都是他们办公室的炫夫狂魔。

比如，"我老公可在乎我了"。

用以佐证这句话的事例是，在长春某个零下二十八摄氏度的天气里，美荣老公没空来接她下班，她需要步行二十多分钟才能抵达最近的公交车站。有个男同事在路上碰见，很风度地说可以搭她一程。美荣回家跟老公说了这事，谁知对方非常恼怒地斥责了她。

下次再碰见男同事，美荣就惋惜而傲娇地回答："不好意思，我老公不喜欢我坐别的男人的车。"然后沾沾自喜地扎进漫天风雪里。

还有，"我老公很顾家，对我特别体贴"。

美荣每月都把工资上交，然后得到五百块零花钱。她想找人代购一条项链，可她老公不同意。同事问她那还买吗。她狡黠地说，当然啊，我可以每次给老公报账的时候，把每样东西的价格都说高一点，然后再撒谎说忘记拿发票，或者收据弄丢了。

美荣脸上闪烁着洋洋自得的小聪明。

同事只能失笑地叹口气。

02

听完美荣的事，我想起了郑爽。

这个一开始并没给我留下什么印象，最后她当众承认自己整容时，秒被圈粉的姑娘。

她演《流星雨》时被骂造型庸俗土气，评论一片负面。后来她演牡丹，被网友盛赞最美小仙女，获得金像奖最佳新人提名。那时的她崭露头角却风光无两，是最被看好的小花之一。

结果跟张翰恋爱以后，画风就完全变了。听说她跟张翰热恋时连接戏的唯一要求都是跟对方演对手戏，要不就是各种不肯接，"天王老子都请不动"，吻戏不拍，床戏不接。

"拍戏之余最大的爱好就是跑去隔壁剧组，给家里那口子洗衣服，送外卖。"

推掉的戏多了，逐渐无戏可接。

与此同时张翰势头迅猛，郑爽当然感觉到压力，再加上爱情里小女生独有的患得患失，安全感大量流失，她甚至去整容。

媒体问为什么，她笑着说，因为张翰太帅了，怕自己配不上。

她的粉丝们听完都心酸哭了，有多深爱就多卑微，就算是人尽皆知的惊艳，也不能弥补她仰望所爱时一点点的自信。

再后来的事，全世界都知道了。

她倾尽全力想要留住的爱情，不过是指尖的沙，越握紧越失去。

她接受采访时说，那时以为不跟男演员拍亲热戏，就能早点跟张翰结婚生子。

媒体说，是她单方面提出分手，甚至没有知会男方一声。不论真假，至少之前的不安与卑微历历在目，当着媒体的面宣布分离有多么不留余地，就需要多大的勇气。

很庆幸，她最终从那场爱情泥潭里走了出来，依然是那个笑容坦荡、真诚无谓的小女孩。

03

前几天隔壁公司来借我们的小会议间进行面试，离我的办公位只有一步之遥，所以她们之间的对话我听得一清二楚。

女主管显然对这个刚毕业两年的女大学生很满意，但对方犹豫工作强度太大，会影响家庭生活。

女主管问，周末也不用加班，你觉得哪里强度大？

面试女孩真诚而腼腆地说，主要是下班时间六点半太晚，我回家都八点多，还要给男友做饭，他胃不好，每天都要喝汤的。煲汤你知道，需要时间……

女主管没继续听她说下去，直接打断，那你男友一个月挣多少钱？有我给你开的薪资三分之一吗？

面试女孩想了想，摇头。

女主管换了一种更舒适的坐姿，妹妹，你知道吗，我像你这个年纪，也向往结婚生子，洗手做羹汤。我跟男友在一起十年，他工资只涨了三千元，依然买不起房。我们最困难的时候，连普通的套间都租不起，住隔音效果极差的单间，亲热都不敢尽兴。

他妈妈跟我说，可以给钱他开间随便什么店，说只要我肯去帮他，我这么聪明肯定能成就他的。

面试女孩看着她，你为什么不去？

女主管笑着说，因为成就他，不如成就我自己。你没听过一句话吗，你若盛开，清风自来。我与其奉献一切，青春、精力、学识去成就我的爱人，何不直接成就自己。有了自信和爱他的底气，才能毫无功利地去爱他，不会为他没房没车而嫌弃，也不必为他挣得太少而忧虑婚姻的前景。我的从容淡定，才是支撑我们爱情的最好助力。

那个女孩到底有没有去上班我不是太清楚，不过女主管掷地有声的自信让我很是动容。

后来同事建议美荣，要不你也跟去北京。

她摇头，那边工作多难找，我在这至少还能图个稳定。

同事又说，那你先从减肥开始，身材好起来，人也自信点。

美荣说不行，正备孕呢，哪能大强度运动。

同事终于不劝了，她跟我说，可能美荣这辈子就这样了。明明两个人的未来，她却连插嘴的资格都没有。而且她懒得改变，害怕改变，现在她只能把结婚证藏起来，然后每个月跑两次北京，争取早点怀个孩子。

孩子，是她唯一愿意拼命争取的筹码。

04

有些女生，特别是涉世未深的这一类，遇见爱情便惊天动地，好像不伤筋动骨地爱一场，都对不起如此年轻的人生。

爱情给他，身体给他，信任给他，未来也给他，他就是世界上唯一的光，生命独一无二的主宰。

直到信任变成手无缚鸡之力的依赖，青春做筹码，身体当王牌，他不堪重负地离开，也会落得一句负心薄幸。

其实我心目中最幸运的女生是，在遇见爱情之前，先遇见自己。

先好好爱自己，才能具备分辨爱情的能力。

这样，才永远不至于在两个人的爱情里势单力薄，如履薄冰。

愿你在爱里，永远不必战战兢兢。

若不是我爱过又将你失去

要到很久很久以后，才能够明白，那样美好的时光，
原来短暂得如同一个暑假。

01

曾经期待有一个人，可以陪我在黑夜里慢慢地走一段路。

纯棉白 T 恤，牛仔裤，球鞋，帆布包，微微发烫的脸。

絮絮地讲很多话，或者什么都不说。沉默着分享着同一首歌，细细的耳机线把我们缠绕在一起。周遭全是盛夏的味道。

横穿马路的时候记得拉住我的手。路过超市会买两支冰淇淋，或者一盒色泽艳丽的樱桃。

深绿高大的树木散发着厚重辛辣的气息。灯光如同琥珀，沉香色的温情千年如斯。晚风清凉迅疾。有车子在身边一闪而过。

然而都没有，我只能背转身，点一支薄荷味道的爱喜，呛到流泪。

视线模糊后，你的脸逐渐清晰。

02

你见过最开始的我，所谓的坚强独立清醒自省都是糖衣做的壳，因为害怕融化，只好与有温度的东西保持距离。

可因为是你，我愿意再相信一次。

那时我把毛茸茸的脑袋深深埋进你胸口，认定信任一个人是一场华丽的冒险，而我甘愿把伤害的权利交托给你。

至今我仍能凭记忆搭建出无数我们有过的真实场景，比如突如其来的暴雨，你把外套留给我，然后独自去很远的地方为我找一把伞。

比如你在车里寂寞地等我很久很久，看见我，仍然一脸宠溺，视线坚定而温柔。那一定也是我深深迷恋过的吧，你下巴青色胡楂，你洁净而温和的亲吻。

我哭泣时，你会用力地抱紧。

我茫然无措时，你会让我看着你的眼睛。

现在我盯着镜子里的自己，觉得可惜，那里面的人憔悴如斯，再也不是你曾经夸赞的美丽。

03

我多么吝啬于说爱这个字，可在你出现以后，我对你说过一次又一次。

原来最开心的事，都是以前的事。

最想留住的时光，都已经回不去。

你要问我这世上有什么是永垂不朽，我想我会回答，是过去。

过去的一切都坚若磐石。

它们不会在漫长的时光里坍圮，荒芜，变质。

它们只会留守在原地，蒙上清淡的灰白色，把每一条鲜嫩的纹理变成福尔马林药剂里的栩栩如生。

我记得在十九岁那年，曾这样安慰一个因为失恋整夜哭到抽搐，吃下安眠药依然无法入睡的闺蜜，我说那些你所有沉湎、不舍、执迷的时光也好，感情也好，都已经被遗留在再也回不去的地方。

那是你生命里无法回溯的上游，是将在你脑海里逐渐消弭的记忆碎片而已。

这世界从无一生一世，只有适可而止。

然而过去了这么多年，我记得自己说过的话，却没那么容易说服我自己。

若不是我爱过你又将你失去，我不会明白，经过了你之后，我才成为现在的我。

你也成为了一个我一生都绕不开的地方。

♡
04

于是我慢慢接受了。

人生总有无法抵达的风景，无法完成的事情，无法修复的遗憾，以及无法再靠近的人。

我说，我不会再见你。

你以为是决绝，其实是出于保护。若不在还爱时别离，就注定会在恨里相遇，死不放手的纠缠只会把仅剩的感情消耗殆尽。我不愿意。

那么天亮以后，再也没有我们。

只有经过你的我，以及经过了我的你。再无交集，也无风雨。

致所有无疾而终

为什么我们明明很相配，却无法好好相处；为什么我
们曾经那样要好，却偏偏无疾而终。

收官已半月有余的《欢乐颂》依然是办公室茶余饭后的谈资，
也是各大公众号争相借势营销的热门话题。

许多人问我，喜欢里面的谁？其实每一个角色，我都不怎么
热爱。因为每个女主都像是从土里长出来的，那么鲜活逼真，你
知道，太过真实的事物总不那么讨喜。

樊小妹哭泣的那一段，许多人为之动容，甚至有朋友在朋友
圈截图说，谁知道她的支付宝，我好想给她打点钱。

我笑了，结结实实地点了个赞。

但其实这部剧里唯一让我心酸黯然的，是拥有理工科头脑、女
明星外表的安迪。在得知自己未来某一天有可能会精神病发作，每

天都需要被人照顾时，她把双手深深插入发间，一半惊惶一半迷惘地说，对，我需要多挣一点钱。为我今后的每一天，都多挣一点钱。

就在那晚，我看见久不冒泡的沈若，忽然发了条朋友圈。

只有一个字，累。我还没想好怎么揶揄他一把，这个字就消失了，被他秒删。

也对，他打拼多年，这句单薄的抱怨并不足以释怀哪怕万分之一。果然，他单独发来消息，睡了吗？

我发了个《疯狂动物城》里最火的闪电表情，他竟然不认识。我借机羞辱他上了年纪，他不置可否地一笑，是啊，人一功利就变老。

我几乎能想象到他嘴角微垂，眼睛里带着空洞而沉重的笑意。

之所以安迪的脆弱与坚强如此触动我，也是因为我想起了沈若。

他是我唯一还有联络的前任。

最开始，我们是一见钟情。火花迸发得如此耀眼，几乎当场点燃彼此挑动的眉。

然而我们全都按兵不动，明明跃跃欲试，却又顾虑重重。

后来我读到一首矫情的文艺诗，很适合形容当时的我们。

年少时，我们因谁因爱或只因寂寞而同场起舞；沧桑后，我们何因何故寂寞如初却宁愿形同陌路。

大概那就是成人之间的感情，迫切地想要靠近，却又抵不住对未知的恐惧。

后来我才知道，那是现实世界里，我们站在青春热血和残酷生活面前的试探和挣扎。

他有过失败的感情，我有过背叛的经历。我们都是经过重重打磨的成品，有着自己的底线和脾气。

大概因为年轻，相爱最初占据上风。

第一次正式约会，是在他家里。他做了满桌的菜，除了时令之外，他所有拿手的，都端了上来。

我们一边吃，他一边将自己和盘托出。

大到上一段谈婚论嫁的感情如何不了了之，小到他热爱囤积白衬衫的怪癖。

最后他看着我，看似漫不经心实则郑重其事地说，同样的路，他不想再走了。

我知道，他指的是那段用尽全力争取却依旧不得善终的感情。

他说，最怕天意弄人，最怕无疾而终。

记忆里我们没有任何激烈争吵，第一次清晰地出现裂痕，他只对我说了一句，退一步吧，我们。

原因是他加班到半夜回来看见我在书房里写稿，我们无暇拥抱，更无暇为彼此做份早餐或者夜宵。有句话叫作，若我抱着砖头，就没办法抱着你；若我抱着你，就没有办法养活你。

他想要的是当他抱紧砖头的时候，至少我能够从身后紧紧拥住他，而不是手里也抱着另一摞同样的砖头。

后来他给我讲他爸爸从一个穷得连自己儿子的姓氏都无法争取

的农民，做到今天连锁店老板的故事。他爸对他说得最多的一句话，就是永远不可以再回到过去。人生字典里，不可以有从头再来。

所以他需要每天都多挣一点钱，为今后未知的每一天，都多积攒一份安全感。

他说，一个人辛苦就够了。

可我同样没有安全感，坚信只有结结实实握在手里的东西，才真正属于自己。我做不到等待别人给我果实。只要打上别人标签的东西，我拿在手上只会觉得很虚浮，随时都会飞走。

我已经完全记不清楚，究竟是哪一天、哪一次，我们彻底分手。也许，在漫长的拉锯战里，逐渐耗光了彼此的耐心。连那么简单的两个字，都疲于开口。

很久以后他忽然告诉我，他有了新女友。

那天晚上彻夜闪电，我赤脚站在窗台上，想哭着问为什么，却只觉得眼眶干涩得掉不下眼泪。

十七岁，我可以为你奋不顾身翻山越岭。二十七岁，我只可以为你彻夜不眠看场电影。

再次联系时，他在上海，那么巧，我也是。

于是一起吃顿简单的饭，聊聊他刚分手的新女友，我们在灯火通明的黄浦滩时而打闹，时而沉默，没人提起以前，只感慨一句，江风这么凉。

我们的关系，如同一部悬疑小说，让旁人难以猜测。

最要好的闺蜜偷偷问我，究竟为什么分开？你们曾经那么般配，那么好，即使分开这么久，你在公司晕倒也是他第一时间把你送往医院；他的车子在哈尔滨抛锚，独自推了好几公里才到加油站，也是你一路上跟他聊天打气。这些电视里才有的剧情，你们都演得兢兢业业，怎么平平淡淡谈个恋爱，你们却无以为继。

其实在许多个恍惚里，我也问过自己这个问题，为什么我们明明很相配，却无法好好相处为什么我们曾经那样要好，却偏偏无疾而终？

后来发现，其实身边很多诸如此类的例子。有高中时就互相暗恋的两个人，当时错过了，以为是一生。结果大学毕业好多年，忽然又重逢。两个人都以为是天意，但最终还是分了手。

很多东西，你费力去找，找不到。忽然有一天它出现，你以为终于是缘分，结果有一天，它再次消失。

我还记得那个高中同学分手后哭着来问我，为什么，既然最后的结果依然是分离，又为什么要安排他们重遇？

我回答不上来。

有时也觉得很多往事还在记忆里滚烫着，当你想要回头去寻，它却瞬间冰凉。

中间拉锯的时光像落入沙漠的水，迅速消耗得不留痕迹。然而是它教会我放弃还有释怀，教会我沉默还有勇敢，教会我去爱还有不轻易去爱。